JN239523

PURU
PURU

つむぐ幸福論

慈英×臣作品集

崎谷はるひ

H a r u h i　S a k i y a

目次

ショートストーリーズ

彩月

装画　蓮川愛
装丁　ウチカワデザイン

三人寄れば腐れ縁

「そういえば、さとーくんとあいつて、幼稚園からのつきあいやったんよな？」

ある日の夕刻、仕事を終えた友人と合流して飲みに行くことになった志水朱斗《しみずあきと》は、目のまえにいる相手にそう問いかけた。

「そうだけど、急になに？」

温和な低い声の友人、佐藤一朗《さとういちろう》はおおきな身体《からだ》を軽く曲げるようにして問いを返してくる。いまさらながら、立ち飲み屋で合流したのは失敗だったと朱斗は思った。小柄な朱斗と、日本人にしては規格外の長身である佐藤とは、身長差が二十センチ以上——四捨五入すれば三十センチ近く——あるため、たったままの会話では非常に首が疲れるのだ。

「あらためてそんな長いことともだちでおるのて、めずらしいよなーと思って。趣味も性格もちゃうし」

「ほんとに、いまさらどしたの？」

あはは、と笑う佐藤は見た目のとおり温厚で、頼りになる男だ。二十代なかばになっても、朱斗はいまだ大人になりきれない自分を自覚しているが、佐藤はといえば、周囲の人間に「大人でなかった時期があまり想像できない」と言われることが多いらしい。

というよりも、中学生で出会った当時から、彼はどっしり落ちついた雰囲気を持っていて、そのまま変わることはなく——いや、ますます人徳に磨きをかけていったというべきか。

スーツのネクタイを軽くゆるめ、立ち飲み屋のカウンターに軽く寄りかかり、つまみの焼き串をかじりながらうまそうに日本酒を飲む姿は、朱斗から見てもまさに「大人の男」感がある。酒の似合う大人のスタイルには単純にあこがれるし、かっこいいよなと、朱斗はこっそりため息をつく。

（……いや、おれが童顔なのは言うてもしゃあないけども）

こちらのグラスは、あとくちすっきりのハイボールだが、自分の見た目では梅酒のソーダ割りを飲んでいるようにしか見えないだろう。

ちょっとだけ拗《す》ねた気分になるのを切り替えるため、朱斗は自分のふった話題を続けた。

「いや、きょうギャラリーにきた所長のお客さんらが、若いご夫婦ふた組で、それぞれお子さん連れでな。同じ幼稚園いれるんや言うてはって」

「へえ」

「下の世代も仲ようなってほしいいし、長いつきあいになってくれれば嬉《うれ》しいけど、これぱっかは相性もあるから、て」

「なるほど、それでおれとあいつのことを思いだした、と」

さいです、と朱斗はうなずいた。

彼と話すとき、どうあっても話題にのぼってしまう「あいつ」こと弓削碧《ゆげみどり》。強烈な性格と強烈な才能と強烈な美貌を持った彼もまた、中学時代からのつきあいだ。そして出会いから十年以上、朱斗と佐藤をその傲慢さで振りまわしつつ、現在に至っている。

「なんで続いたっつっても……なんでだろ?」

「わからんから訊《き》いとるんやないかーい!」

とぼけたことを言う佐藤の厚い胸板へ、ツッコミの手刀をいれる。いたた、と笑った佐藤は「おれがあいつに興味なかったからでしょ」と言った。

「まえにもこの話、したじゃん。覚えてないのか?」

「いや聞いたけど……」

ついでに、彼が自分を好きになったきっかけもそれだと佐藤に教えられはしたけれど、朱斗としてはいまだ承服しかねる部分もある話だ。

「でも、なんかそれしっくりこん。興味ないて、あんなに仲ええのに?」

「うーん。仲が悪いってのは、それこそこのつきあいで言ってもいまさら変な話だし、言わないけど……あ、あれだ。執着してないし、お互いほっといても平気だから」

それはちょっとわかる、と朱斗はうなずいた。碧と佐藤はじっさい、趣味も性格もまったく違って、それについてお互いなんとも思っていないし、干渉しない。たしかに男同士の友情はたいていそんなものであるけれど、なにしろふたりともキャラクターが極端なので、長いことつるんでいる朱斗ですら不思議な関係だ、と思ってしまうのだ。

佐藤は話すうちにいろいろ思いだしてきた、と苦笑し、古い記憶を掘り起こすように語りはじめる。

「そもそも幼稚園のときから、あいつモッテモテだったんだよ。入園時期のことなんかはあんまりはっきりは覚えてないんだけど、気づいたらあちこちで引っ張りだこ」

碧の母親譲りの美貌は、幼いころからのものだったらしい。女児たちは色めきたち、男児たちもまたそわそわしながら、「きれいなみどりくん」と「いちばんのなかよし」になりたがった。

遊びの誘いが引きも切らない碧に対して、佐藤は立派すぎた体軀《たいく》のせいか、幼稚園でいささか浮いた感じになっていたそうだ。

「とはいえべつに、無視されてるとかじゃなくてさ。おれはもうそのころからでっかくて、年少のとき年長に間違われるレベルだったのね」

「うはは、ちょっと想像つく」

「だろ？　でかすぎたおかげで、同じ組の連中からは単純に、自分らと遊ぶ相手だって認識されなかったみたいなんだよな。先生や親もちょっと心配してたらしいけど、おれはおれでどうもかなりのマイペースだったらしくて、ひとりで勝手に遊んでたらしい」

碧を囲んできゃあきゃあ言っている園児をよそに、積木やパズル、絵本など、自分ひとりで遊べる玩具《おもちゃ》をいじって、佐藤はご満悦だったらしい。

「で、気づいたら碧が目のまえに座って、お絵かきはじめてた。あいつそのころからめっちゃくちゃ絵がうまくてさ。おれが読んでた絵本のキャラクター、ほぼそのまま模写できちゃうレベル」

「それ、周りの子らはどうしてたん？」

朱斗がちょっと心配になって問いかける。碧とつるめば、彼の取り巻きでいたい輩《やから》や女子たちから目の敵にされるのは経験済みだ。もしや幼い彼も……と案じたのだが、しかし佐藤はおかしそうに笑って「それが」と喉《のど》を鳴らした。

「言っただろ？　おれがでかすぎて敬遠されてたって。その横に碧がきちゃうだろ。そうすると、どうも腰が引けて近づけなくなったらしいんだよ。おまけにあいつ、目のまえで絵は描いてみせるけど、べつにおれに話しかけたりするわけじゃねえの」

「え……それって」

「完全に、風よけというか、塀代わりというか、盾にされたというか、そんな感じ」

敬遠――とまではいかないが、周囲がちょっとばかり近づくのをためらう相手のテリトリーにいることで、碧は自身の平穏を保とうとしたようだ。朱斗は感心とも呆《あき》れともつかない気分になった。

「それ……あいつ幼稚園のころすでに、他人を利用すること覚えたん……？」

「というより、おれで覚えちゃったんじゃないの？」

「さとーくんはそれでええのっ⁉」

「まあ当時はべつに、おれに被害が及ぶわけじゃなかったし……」

そこにいるなら勝手にすれば、という感じで、その後もふたりは静かにすごした。そのうちぽつぽつと会話するようになり、気づけば先生や周囲からセットで扱われるようになって、そのまま小学校、中学校と進んでいった。

「まあ、中学の途中からはおまえの知ってるとおり。べつにたいそうな理由があるわけじゃなくて、というか、特段離れる理由がなかったからずるずるつるんだって感じかなあ」

佐藤はこともなげに言うけれど、朱斗はうろんな目になるしかない。

「いや……中学の時点で相当あいつ、エキセントリックだったやん。あと幼稚園のころと違《ちご》うて、まわりの女子やら取り巻きのやっかみやら、さとーくんにも押し寄せとったやん」

「ああ、まあね。でもいま思えば、たいしたことでもなかったし」

朱斗も同様の被害に遭っていたからわかるが、思春期の女子に大挙して詰め寄られ、ヒステリックにわめかれたあれは「たいしたことでもなく」はなかった気がするのだが。顔に出ていたのだろう、佐藤は「ま、朱斗は災難だったよな」と苦笑する。

「まあでも、ヒートアップしてる集団相手にしちゃあ、理屈も通らない。逃げるか受け流すしかないだろ？　あっちだって、自分の感情に振りまわされてわけわかんなくなってるだけなんだし」

「いやまあ……そらそうやけど……こっちが攻撃受ける謂《いわ》れはないやん？　本来、おれらの話じゃないし」

「だからだよ。ああいうやつあたりじみた行動って通り雨みたいなもんでさあ。天気に文句言っても雨がやむわけでなし、意味はないじゃん。それと同じようなもんかなと」

「腹、たたんの？」

「たつけど。おれの感情としては、迷惑の根源だった碧にぶつける。それでしまい、でいんじゃね？」

けろりとした風情の彼の、この懐深さや寛容さは、やはり破格――というか、一種桁外れだ。というより、傍若無人な碧と、それに振りまわされ情緒不安定な朱斗のふたりを、やれやれと言いながら面倒を見させ続けた果てが、この人格なのだろうか。

いろいろ申し訳なくなりつつ、朱斗はふと思いだしたことを口にする。

「中学……ていえば、たしかバスケ部はいっとったよな。なんでやめたん？　高校でも続けると思っとった」

なにしろ佐藤はこの長身なもので、バレー部やバスケ部、ラグビー部など、体格重視のスポーツ部からは相当な声がかかっていたのは知っている。本人の運動神経も決して悪くなかったし、それなりに楽しそうにしていた記憶がある。

首をかしげた朱斗に、佐藤はやっぱり「べつに特に理由はないよ」とのんびり言った。

「中学のときも、誘われてなんとなくはいっただけだったし、言われるまで覚えてなかったくらいだ。高校の部活、かなりガチなとこだったし面倒くさかったのかなあ」

まるで他人事《ひとごと》のように佐藤は言い、「あと、生徒会の手伝いもあったし」とつけくわえた。

「でもそれ、あいつが生徒会はいってからやった……」

言いかけて、「あ、まさか」と朱斗は言葉を切った。

「そ。碧がいずれ生徒会はいる予定だから、おまえ部活すんなつったの」

「……なんでさとーくんは、それを聞いてまうの？」

「おれは生徒会なんかはいりたくない、って言ったら、じゃあ手伝いだけはしろって言うんで。わかったー、みたいな」

それは理由になっているのか、と朱斗は思った。結果として同じ、どころか肩書きもなくただ振りまわされているだけ、よろしくないような気がする。顔をしかめると、「ほんとにきょうはいまさらのこと訊くなあ」と佐藤が苦笑した。

「ていうか、当時だって横で見てただろ？」

「ぜんぶの会話聞いてたわけやないもん。気ぃついたらあいつ生徒会牛耳ってて、気ぃついたらさとーくんが手伝いしとったわ。ちゅーか、あいつなんで生徒会とかはいったん？」

漫画やなにかでは学園に絶大な権力を誇る組織、みたいな描き方をされる生徒会だが、実際のそれは様々な校内の書類仕事を片づけたり、先生の手伝いをしたりと、どちらかといえば『学校全体の雑用係』的なもののはずだ。朱斗らの出身校はそれなりに生徒の自治に主体性を持たせてくれていたようだが、それでもたいしたちからを得るわけではない。

他校や大学との連携など、イベント等の折衝はむろんあったりもするが、それもどちらかといえば地味な作業だったりする。

「事務仕事やらつまらん、てまっさきに言いだしそうなもんやけど」

「その辺はまあ、うまいことふれる相手にふってたよ。生徒会はいったのは……将来的に役にたつ相手見つける、とか言ってた気がするなあ」

「はあ？　あいつ、人脈作りとかは息吸うみたいにしてやりよるし、もともとご両親の関係もあって、コネは山ほどあったやろ。わざわざ学校単位でそんなんやる必要あるか？」

碧の父親は代々資産家の企業重役、母親は美人有名俳優。経済界にも芸能界にもパイプは強く、生まれたときから銀《ぎん》の匙《さじ》をくわえているタイプだ。言ってはなんだけれど「たかが高校の生徒会」で得られる人脈など、あの男に必要あっただろうか。首をかしげた朱斗に、佐藤は笑ってこう言った。

「最大の理由は、うちの学校の文化祭、催しがへボくてつまんないから、だったよ。もっと客入りをよくして、評判にしたいって」

「……ほへ？」

意外な理由に、朱斗は目を瞠《みは》る。そんな単純なことで、あの碧が？　疑問は顔に出ていたのだろう、佐藤は「そんなに驚くことでもないよ」と言った。

「あいつのいまの仕事考えれば、さもありなん、じゃない？　イベントのプロデュース、やりたかったんじゃねえのかな」

「けどあのころ、どっちか言うとやりたがっとったんは、グラフィックデザインのほうで――」

またもや言いかけて、朱斗は口をつぐんだ。佐藤は苦笑してうなずく。

「そお。秀島《ひでしま》さんにコンペで負けたのが、高校一年のころかな。そっからあれこれ、模索してたみたい」

幼いころから、なんにつけひとに負けたことのなかった碧が、唯一の圧倒的敗北を感じたという、秀島慈英《じえい》。朱斗にとってはいまの就職先を世話してくれた人物であり、おだやかでやさしいひとだ、という認識しかないけれども、日本画壇では若き天才と称され、いまでは海外まで活動の場を広げている。

そもそも朱斗が碧と関係を深めるきっかけになったのも、秀島の存在があってこそだった。だから朱斗にとってはいろんな意味で恩人とも呼べるひとなのだが、碧はいまもって秀島をきらいだと言ってはばからない。

「あれであいつ、相当へこんでたしねえ。だからまあ、手伝うくらいはやってやってもいいかな、って思ったんだよ」

「……そっか」

当時もいっしょにいたはずなのに、そのあたりのことをなにも知らなかった朱斗は静かにへこんだ。その顔を見て、佐藤は「しょげるなよ」と笑う。

「朱斗とおれは立ち位置が違うんだってば」

「どーせおれは、頼りにされてへんしぃ」

わざとらしいほど拗ねるのは、思った以上に落ちこみそうだったからだ。しかし佐藤は「だから違う違う」とますます笑う。

「しょうがないだろ、碧、ええかっこしいなんだから」

「知っとる、そんくらい」

ふん、と鼻を鳴らせば、佐藤がなぜかにやにやしている。「なんや」とすごめば、ますます笑みを深められた。

「おまえらほんとおもしろいなあと思って」

「だから、なにがや！」

ほんとにわかんない？　と佐藤が言う。朱斗はむっとしたままうなずいた。そして続いた言葉に、ぽかんと口をあける羽目になる。

「至極単純なことを見落としてるからだよ。好きな子相手に、張り合うこともできない天才にぶつかって、人生初の挫折味わって、てんこもりで落ちこんでます、なんて、あの碧が言うわけないだろ」

「……すきなこ」

「そうそう、すきなこ」

そこにいる誰かさん、と佐藤は朱斗を指さし、その長い人差し指をくるくるまわした。朱斗はその指のさきをしばし見つめて目をまるくしたのち、ぼんっと音がたちそうなほど赤くなる。

佐藤は目を半眼にして、「うわあ」と平坦な声を発した。

「さすがにその反応は引くわ、朱斗」

「引くなや！　なんや、悪いんかい、照れたら！」

「逆ギレすんなって。ていうかさあ……ほんっと、おれと碧のつきあいについてあれこれ訊いてきたけど、こっちのほうが『おまえらなんでそうなの』って訊きたい。ほんと、いつまで初恋してんの？　もう、することするようになってからでも、相当経《た》ってるだろ？」

あきれる、と広い肩を上下させた彼の腕を、朱斗は無言で殴った。へろへろの拳に「だから、痛い」と佐藤は言うけれど、その顔は完全に笑っている。

「おまえもだいぶ大人になったと思ったんだけどねえ。そゆとこかわらないんだねえ」

「やかましいわ、この若年寄っ」

「おれはべつに老けてない。むしろ年相応。そっちが童顔すぎ」

「うっさい、うっさい！」

おうよしよし、と頭を撫《な》でられ、その手を振り払う。あはは、と笑う佐藤のほがらかな顔がひたすら憎らしい。

「もお……おれは、そんなに碧に振りまわされてて、腹たたんのか、って訊きたかったのに……なんでコッチに矛先がくんねん」

「あれ、そんな話だったたっけ」

ふてくされた朱斗が「でしたぁ！」と口を尖《とが》らせる。

「いやまあ、毎回腹たつこともあるし、直接怒ってもいるよ？　おまえだって見てないわけじゃないでしょ。同じような目に遭っててんだし」

言われたとおり、記憶にあるなかでは、佐藤も碧の傍若無人さに対してけっこう怒っていたと思うのだ。むすっとしたままうなずくと「じゃ、なんで朱斗は碧とつきあい切らないの」と問われる。

「またそうやって——」

からかうのか、と顔をあげたが、おだやかな表情でこちらを見やる佐藤に毒気を抜かれた。わかるよな、と目で言われ、朱斗はうなずく。

「性格悪いし、めんどくさいし、けっこうな目にも遭わせちゃくれるけど、おもしろいだろ」

「……うん」

あらためて言葉にされ、それに対しても首肯するしかなかった。

碧は、刺激的なのだ。あれとともにあることで、振りまわされ心底疲弊すると同時に、ものす

ごい高揚感を覚える事態が訪れることも経験上知っている。そしてそれに惹《ひ》かれてしまう自分
――ひいては佐藤も、もしかしたらあんまり褒められたものではないのかも、と思ったりする。

「けどまあ、理屈つけてもあんまり意味はないんじゃないかな。利害関係がはっきりしてる場合はまたべつだけど、なんとなくつるんで、なんとなく、いる。そういう感じじゃないの、人間関係って」

確固たる理由などない、けれどそばにいる事実。切れていない縁がすべて。佐藤はそういうふうにしめくくった。

そうなのかな、とアルコールのまわりはじめた頭で朱斗は思う。といって、この夜の問答自体が、そもそもたいして意味のない話でもある。

「まあ、こういうグダ話できるのも、気心知れてるから、てことでええんかね？」

「おあとがよろしいようで」

くっくっと笑いながら佐藤がうなずいたところで、立ち飲み屋ののれんが揺れた。

「んだよ。おれが来るまえにクライマックスか」

「おう。碧、お疲れ」

「べつに疲れちゃねえけど……ビールひとつ」

するりと、佐藤と自分の間にはいりこんできた男は、張っているわけでもないのによくとおる声で注文を告げる。すぐに供されたグラスの中身をなかばほどまで一気に飲み、ふう、と息をつ

き、前髪をかきあげた。

ごくふつうの、なんでもない仕種《しぐさ》。だが周囲にいた客たちが碧の姿に見ほれているのが、濃くなった視線でわかる。朱斗と佐藤には慣れっこの事態に、ふたりは目を見合わせて苦笑した。気づいた碧が顔をしかめる。

「なんだよおまえら、変な顔して」

「いやさ、朱斗が、なんでおれは碧とともだちなのかって訊いてきたから」

「んなもん、腐れ縁だろ？」

けろりとして言った碧に、佐藤が「そうそう」と喉の奥で笑いをかみ殺す。碧はますます怪訝《けげん》そうな顔をした。

「んだよ佐藤、その反応。ほかになんかあんのか？」

「ないない。あ、ちょっとトイレ行ってくる」

「ちょ、さとーくん――」

この状態で自分だけ逃げないでほしい。目で訴える暇もなく戦線離脱した友人を恨みがましく睨《にら》んでいると「なんで、ねえ」と残りのビールを口に運びながら碧が言った。

「おまえはなんでだと思う？」

「ん？　おう？」

声音はおだやかで、べつに腹をたてているふうでもなかった。きょうは機嫌がいいらしいな、と朱斗が内心胸を撫でおろしていると、碧はふたたび同じ問いを口にした。

「なんでおれとあいつ、ダチやってられんだと思う？」

「碧が横暴なぶん、さとーくんが、いいひとやから」

即答したとたん、ごんと頭を殴られる。「痛い！」と朱斗は叫んだ。

「なんでぶつねん！　そういうとこやぞ！　このジャイアン！」

「うるせえ、のび太のくせに生意気」

誰がのび太だ。きいきい怒る朱斗を楽しそうに眺めたあと、碧は佐藤の消えたほうを一瞬だけ眺め、つぶやくように言った。

「言っとくけど、おれよかタチ悪いとこあんの、佐藤のほうだからな」

「どこがや……あのひと『ホトケの佐藤』やぞ」

碧がジャイアン、自分がのび太とするならば、佐藤は確実にドラえもんだ。

なにしろ怒らない、取り乱さない。大抵の頼み事は「しょうがないな」と笑って受け入れてくれる。

結果、ついたあだ名が『ホトケの佐藤』。いまの職場でもそう呼ばれているそうで「ホトケとか言われるほどの人格じゃないけどなあ」と本人は首をかしげていた。

ぶたれた頭をさすりながら、そんな佐藤のどこに「タチの悪さ」があるのかと問えば、碧はお通しで出てきた枝豆を口に放りこみながら言う。

「あいつはね、負けねえの」

「ん？」

「積極的に勝ちにもいかねえんだけど、負けねえんだよ絶対。ここ、ってとこで。だから相手に引け目とかそういうのつくらないし、案外強気。まんなか長男の処世術かもしんねえけど」

「はー……」

「でもって案外、思うとおりに話運びやがる」

「それ碧が言う？」

また殴られた。どうしてそう、口より先に手が出るのだと涙目で睨んでも意味はない。

「で、その負けないかげんが、ジャイアンとのつきあいにどう関係あるねん」

「おれと対等でいようとするやつに関しては、勝ち負けが必ず関わってくるから」

「……あー」

つまらなそうに言われた言葉の意味を、朱斗は咀嚼《そしゃく》し、なるほど、とうなずいた。刺激の強い碧に対して、当然敵愾心《てきがいしん》を持つ手合いはたくさんいる。こと、男というのはどうあっても、ヒエラルキーを気にするイキモノだし、碧のいる世界ではそれが顕著なのも知っている。

わかるだろ、と碧もまた視線で語った。

「ま、おまえもそういう意味じゃ、負けないように踏ん張ってるけどな。意味ないけど」

「意味ないことないわ、アホ」

殴られたぶんだ、と長いすねを蹴ってやる。おもしろそうに碧は笑って、反撃してこなかった。それはそれで、むかつくのだが。

「おまえは泣いても怒ってもめげねえだろ。けど大抵のやつは途中で勝手に折れて恨んでくる。そういうのほんっとうざいしきらい」

「……勝手に折れるは違うと思う。碧がへし折ってる」

ぼそりとこぼした言葉はきれいに無視されたけれど、朱斗のぶんの枝豆が奪われた。

「佐藤は、最初っからなんもない。負けないってそういうことだよ。勝ちにこない。言い換えると、ある意味おれのこととか眼中にないんじゃね？」

ひとよりも、文字通り頭抜けた長身の佐藤の目から見る世界は、もしかしたら自分とまったく違うものなのだろうか。市役所の公務員で、ごくごくふつうに、まっとうに生きていて、性質も温和。だがこのご時世に「ごくふつうの平均値」で居続けるのは逆に、なかなか大変な気もしなくはない。

「さとーくんて、誰かに執着したことあんのかな？」

定期的に恋人はいたようだが、大恋愛をしている様子は見たことがない。いつの間にか彼女ができて、いつの間にかわかれている。そういう意味でも佐藤はあっさりしている。

あの彼が、燃えるような恋をすることなどあるのだろうか。だとしたらちょっとおもしろい、などと考えていると、碧の素っ気ない声に叩《たた》き落とされた。

「……もお、なあ。おまえらお互いに興味なさすぎなんちゃう!?　ほんま、なんでそれで二十年もともだちやってんねん!?」

「さあな、しらね」

「だから、興味ねえからともだちやってんだって、さっきも言ったじゃん」

朱斗があきれて声をあげれば、いつの間にか帰還した佐藤が口を挟んでくる。

「そうそう。興味あったら違う関係になる」

「だよなー」

そして変なところばかり息のぴったりなふたりはそう言ってうなずきあい、朱斗のほうをじっと眺めるのだ。

「……おれの話じゃないねんて！　もー！」

「誰もおまえの話とかしてないし」

「あ、すみませーん。同じのおかわりー」

「聞けや！　話、しろや！」

地団駄を踏む朱斗のまえで、とことんまでマイペースな彼らはめいめい勝手にふるまいだす。

これもまたいつもと同じことで、妙に疲れた気分になった朱斗は肩を落とした。

「……おれごときが、ジャイアンとドラえもんに勝てるわけがなかったんや……」

「勝ち負けの話だっけ？」

「さあ？　どうでもいいんじゃね、そんなの」

とぼけた顔をする佐藤と、さきほど自分で言った言葉を全否定する碧をまえに、朱斗はなんだかげんなりする。

「もうどうでもええです。ハイボールおかわりください！」

そもそもが、酒の席の話などにたいした意味もない。くだらない話にムキになったり、ぶつくさ言ったところで、たぶんまた時間が空いたらこうして三人寄りあって、ぐだぐだ飲みながら話す事実は変わらない。

たぶんこれからも、いままでのとおり。

「ところで乾杯してなくない？」

「いまさらかよ。もう飲んだし」

「とりあえず様式美はやっておくか？」

すでにめいめい口をつけたグラスを持ちあげ「そんじゃ」と佐藤が声をあげる。

立ち飲み屋の丈夫なグラスがごちんと音をたて、いつもと変わらない夜のはじまりを告げる、鈍い音を奏でた。

小姑一人は鬼千匹に当たる

とあるウイークデーの、夜七時。

佐藤一朗が、つきあいはじめの恋人である大仏伊吹《おさらぎいぶき》に言われて赴いたのは、彼のよく使っているレッスンスタジオ近くのバルだった。

デートで食事処に向かうのは、ふたりの間ではなにもめずらしいことではない。もともと佐藤は体格に見合って食べることが好きだったし、伊吹とも『メシ友』として交流を深めた間柄であったからだ。

伊吹のレッスン終わりに待ち合わせることもまた、よくある話だ。そしてそれが彼の通うスタジオ付近であることも、特筆するような話でもない。

しかしこの日、件《くだん》のバル店内にて、彼らが陣取った四人がけのテーブル席には、いささか――若干一名のみにではあるが――緊張した空気が漂っていた。

ふだんなら向かい合わせにポジションを取るはずの佐藤と伊吹は隣りあわせに座っている。

そしてその向かい側で、満面の笑みをたたえるすらりとした美女こそが、イレギュラーな状況の最たるモノだ。

「……というわけで、かおりサン、です」

「ども、本永《もとなが》かおりです」

伊吹が身を縮こまらせているのは、なにも長い手足が隣の男にぶつからないように、という配慮のせいばかりではない。

結局この日がきてしまったか……という、諦めによるものが大きいのだろう。

佐藤はひたすらげんなりしている伊吹の様子に、こっそりと笑いをかみ殺す。

(すっごい神経すり減らしてるなあ、伊吹くん)

そう身がまえることもなかろうに。佐藤はすこしだけおかしくなりながら、真向かいに座った美女へと微笑《ほほえ》みかけた。

「あらためまして、佐藤です。毎回、慌ただしい状況ばかりで、ちゃんとお話できたことなかったですよね」

「ですね。実際は三度目まして……になるかな？　ここの近くで会ったのと、あとイベントの楽屋ではちらっとお見かけしただけで」

「その節は出番まえの準備中に、失礼しました」

「いえいえこちらこそ」

如才なく返すかおりの所作にも気配にも隙がない。お互いにこにこと微笑みあいながら、出方をうかがっているのは察せられた。

ならばと、佐藤はずばり、彼女が聞きたがっているだろう本題へと踏みこむ。

「それと、先日お会いしたときは違ったんですが、現在では伊吹くんとおつきあいさせていただいていますので、今後は彼氏扱いの方向でよろしくお願いします」

「おっ」

「んなっ⁉」

おもしろそうに表情を崩したかおりと、ぎょっとした伊吹の視線が一斉にこちらへと向かってくる。

これも想定内の反応だから、佐藤は慌てない。

「ちょっえっ、佐藤く、いや、なにっ⁉」

「なにって、わざわざいまさらになって顔貸せっていうんだから、そういう方向の面通しだと思ったんだけど」

いけなかったかな、と小首をかしげてみせれば、目のまえのかおりがこらえきれないように噴きだした。

「いやいやいや！　佐藤くんさん、それは考えすぎですって」

「あ、そうなんです？」

「見合い相手の小姑《こじゅうと》じゃあるまいし、そこまでヤボじゃあないですって。おもしろそうだから会いたかっただけで」

そうなのか、と佐藤はうなずく。

「てっきりうちの伊吹にどんな虫が的なやつかと」

そう言えば、かおりはさらにゲラゲラ笑ったのち、目に滲《にじ》んだ涙をぬぐいながら言った。

「んーあー、下世話に興味はありましたけどもね。なにしろこいつのまともなカレシとか、知りあってからはじめてみたいな感じで」

「ちょっとかおりサン、なに言ってるのかなっ!?」

「で、ほら、このとおりね、おもしろいから」

あたふたとする伊吹を指さし、噴きだすのをこらえるかおりに、佐藤は「ああ」とうなずいた。

「たしかにおもしろい」

「ですよねー」

にやにやするかおりにうなずいてみせれば、隣からは肺まで吐きだしそうな勢いのため息が聞こえてきた。

「佐藤くんやめてマジで……。かおりサンも、ほんとそういうのナシで」

「はいはい。とにかく食べましょ！　佐藤くんさん、なんにしますかね」

「この間、おすすめいただいたやつおいしかったんですよね」

メニューを挟んだ状態で向かいあい、うきうきと語りあうふたりを横目に、伊吹がまたもやため息をつく。

ついていけないとでも思っているのか、それとも自分ひとりが違うテンションであることに、困り果てているのか。

(伊吹くんがいなきゃ、この場もないのになあ)

どこまでわかっているのやら、と佐藤はおかしくなってくる。

＊　＊　＊

「えーと……佐藤くん、今度の木曜の夜ってあいてるかな」

そんなふうに伊吹が切りだしたのは先週末、お泊まりデートをした日のことだ。

つきあいたての恋人が自宅に泊まりに来たとなれば、佐藤もそれなりに期待する。

しかし、この日いちにちどうにも上の空でそわそわした様子であるのが気になって、夜らしいいちゃいちゃは今日は無理かな、などと思っていた、その矢先だった。

「あいてるけど、なにかな?」

「えっと、会いたいって言ってるひとがいるんだけども。時間、もらえないかなって」

うん?　と佐藤は首をかしげた。

伊吹の言葉は、まるで内心と裏腹のように聞こえたからだ。

「ええと……それは、どっちがいいのかな」

「え?」

「おれは、時間ないよ、って答えたほうが、もしかして伊吹くんは困らないのかな？」

ストレートに問えば、伊吹は「うっ」と顔をしかめた。

「いやそこまで気を遣わせる話では、ない。ていうかどっちにしろ、どっかで会ってもらわないと最終的には面倒くさいというか……うう……」

「そんなふうにぼやいてる時点で、充分めんどくさいことになってそうだけども」

「……だよね」

がっくりとうなだれて、伊吹はぽつりぽつりと説明をはじめた。

つきあいだすまえから、かおりには佐藤との仲について発破をかけられていたこと。

そしてその後は、うまくいったのだろうから、早いうちに彼氏として紹介しろとせっつかれていること。

「けど、そんなん佐藤くんにも迷惑かもしれないし。かおりサンにも、物見高い真似《まね》すんの、どうなのよ、とか言ったんだけど、聞くひとじゃないし。ぐずぐず迷ってたら、だんだんしつこくなってきちゃって」

「いいよ、会うよ」

「だよね、やっぱイヤ……えっ？」

「おれはいいよ。ていうか、そんなことで近ごろ、ぐるぐるしてたの？」

ばかだなあ、と苦笑すれば、伊吹はむっとしたように顔をしかめる。

「ばかって、なんだよ。おれまじめに悩んだのに」

「悩むって、なにに？　ともだちに彼氏会わせるのいや？　でも戌井《いぬい》くんの店に行ったとき、気づかれたけどべつに否定はしてなかったよね」

「あれは予告なしで佐藤くんが来ちゃったんじゃん！　否定するのはそれに、……変だろ」

「……そうだね」

うなずいて、佐藤にはよくわからない方向でぐるぐるしてしまうちいさな頭を撫でた。

本人無意識のまま尖っていた肩からちからが抜けるのを見てとり、撫でる手の速度と角度をゆっくりしたものに変えていく。

八の字になっていた伊吹の眉が、ゆるりとやわらいだ。ほっとしたように息をついたあたりで、佐藤はぽんと軽く、肩を叩く。

「おれはね、どっちでもいいよ」

「ん？」

「伊吹くんが楽なほうで。べつに都合がつかないことにしても、直接会うのでも」

本当に、見た目に反して恋愛自体に慣れていない伊吹は、自分の友人につきあっている相手を会わせる、という経験自体、ほとんどなかったらしい。

それは学生時代からのつきあい、もっとも長い友人だという戌井との会話の端々からも知れた。

というよりその戌井が店長をつとめるレストランバーで、本人から伊吹に隠れてこっそりと

「伊吹をよろしく」という言葉とともに、メニュー外のつまみを一品、賄賂としてよこされてしまっているのだ。

――あいつ、こういうのはじめてなんで、テンパってると思うから。フォローたのんます。

軽く拝むようにして差しだされた、白ワインによく合う、豚レバーのアヒージョ。友を思う気持ちと一緒に、大変おいしくいただいた。

（たぶん本永さんも、戌井くんと大差ない感じだと思うんだよなあ……）

伊吹本人はからかいのネタにされるのではと困惑しているようだが、杞憂《きゆう》だと佐藤は思う。
一、二度見かけた長身美人の彼女とは、さしたる言葉を交わしていないけれど、それでも短いやりとりのなかで聡明《そうめい》さと鋭さを感じさせる人物だった。
同時に、一瞬で値踏みするような視線を全身にめぐらされたことも気づいていた。

だから今回の面談については、佐藤にしてみれば理由は明白だ。じつは奥手の友人にようやくできた『お相手』が、どういった男なのかを確かめたい、それ以外ないだろう。

多分な好奇心が含まれているだろうことは否定しない。だがそれは伊吹をからかうためではなく、単純に彼女自身の性質の問題な気がする。

（大事に、されてるんだよなあ）

そういう戌井やかおりの気持ちが、佐藤にわからないわけがない。

はなやかな見た目に似合わず、まじめで誠実、かつ純情なところもある伊吹の性質はとても得がたいものだ。

むろん大人としての彼を信用もしているけれど、できることならいまのまま、やわらかな部分を損なわないままであってほしいと、望んでいるのはこちらも同じだからだ。

だから面通しをしろと言うなら——それがもし圧力をかけるためだったとしても——するし、伊吹がそれを気に病むのならば、こちらのせいにして、いっさい拒んでくれてもいい。

本当にどちらでもいい、と判断を委ねれば、伊吹はしばし腕組みして悩んだ。

「んん……と、あー、じゃあさ、佐藤くん」

「うん」

「正直、めっちゃくちゃ面倒くさいけど、その後の面倒くささ回避のために、いっぺんかおりサンと会ってもらっていいすか……」

どっちに転んでも厄介なら、ひとまず相手の顔をたてたほうがマシだというところに結論が落ちついたらしい。

もちろんいいよ、とうなずいた佐藤に、伊吹は「ごめん、申し訳ない」と頭をさげる。

大丈夫だと恋人をなだめるのにひたすら時間を使ったその夜、まったく色っぽい空気にならなかったのは、佐藤にとってすこし、残念な話だった。

＊　　＊　　＊

伊吹の心労はさておき、その夜は大変盛りあがった。

かおりは大変社交的な人物だったし、ダンサーとしてのキャリアも伊吹より長く、聞けば少女のころからプロ活動にいそしんでいたらしい。そのためあらゆる方面において人脈も濃く話題も豊富で、佐藤はひたすら彼女の話に感服することが多かった。

むろん佐藤としても、それなりに話題を提供したつもりではあるし、ひとと接するのはもともときらいではない。というかそうでなければ、区役所で利用者に直接相対することの多い相談業務など長く続けられるものではないのだ。

余談ながら、この日のことをのちに伊吹は「コミュ力おばけ対決だった……」と、なぜか若干青ざめながら語っていたそうだが、それはさておき。

佐藤とかおりはおおいに食べ、飲み、語った。途中からは伊吹も開き直ったらしく、それなりに愉《たの》しんでいたように見えた。

残念ながら閉店時間となり、翌日も仕事のある状況を鑑みてそのままお開きとなったが、きれいに割り勘にした会計をすませ店外に出たとたん、「佐藤くんさん」と、かおりはあらたまって佐藤に向きあった。

「はい、なんでしょう?」

「とりあえず今日はお会いできてよかったっすわ!」

言うなり、ぎゅっとかおりは手を握ってきた。そこまでは佐藤も伊吹もなんとも思わなかったのだが、こちらこそ、と握り返したとたんに、にまりと彼女は笑う。

「え……」

「おお。思ったとおり胸板あっつ！」

「はあっ!?」

がばっと抱きつかれた佐藤の背に、ほっそりして見えるがかなり長い腕が巻きつけられた。ぽかんとする佐藤は反応しそびれてしまったけれど、隣の伊吹がぎょっとしたように目を剝《む》いて、「ちょっと！」と声を裏返す。

「もう、なんなのかおりサンは！」

大慌てで友人を引きはがす彼に、かおりはへらへらと笑って手を振る。

「あっはは、妬かない妬かない。安心しなって、とらないから」

「そういうんじゃなくて……なんかテンション変だよ？　ごめん佐藤くん、なんかこのひと、思ってたより酔っ払ってるみたいで」

「……うーん、それは、正直そうっぽいね。ひとりで帰れるかな？」

「それは……どうなの？　かおりサン」

「んん？　へーき、へーきだって」

ひひひ、と笑っている口元は、美女も台無しのだらしなさだ。「タクシーでも拾ってあげたほうがよくない？」と佐藤が提案すると、伊吹も「そうだね……」とうなずく。

「じゃあおれ、そこの通りで拾って、投げてくるから待ってて」

「いっしょに行くよ？　なんなら、おれが本永さん支えててもいいし」

べつにさほど離れた場所でなし、辞した店のまえでひとり待つのも手持ちぶさただ。そう思ったのだが、伊吹がしかめた顔のまえに、踏みだす足は止められた。

「……またこのひとが抱きついちゃうのは、やなんで」

おっと、と佐藤は目をしばたたかせた。この恋人は、イケメンな容姿に見合わずけっこうに純情で、この手の言葉をストレートに言うことはめずらしい。うっかりときめきそうになっていると、その彼が支えた細い姿の彼女から、頓狂な声が発せられる。

「あっはは、伊吹のやきもちやきーぃ！」

「うっさい！　酔っ払いはこっち！　じゃあ待ってて、佐藤くん！」

「お、ああ……はい。待ってます」

かおりの腕を肩にかけさせ、強引に引っ張るようにして伊吹は進んでいく。かおりも女性にしてはかなりの長身で、くわえて今夜はヒールの高いブーツを履いているから、ふたりの身長差はさほどない。

しかし当然ながら、背中を見れば男女差は一目瞭然だった。つくづく、伊吹という男はかっこいい見た目をしているので、かおりのような美人と——実態はただの酔いどれだが——絡みあっている姿はなかなかに絵になる。

（美男美女で、眼福だなぁ）

うんうん、とひとり悦に入っている佐藤は、酔っ払いを引きずるのに苦労している伊吹の隣――その引きずられている酔っ払いの彼女が、まるっきりしらふの顔をして振り返り、にやっと笑ったことに気がついた。

同時にこちらも、さきほど握らされた小さな紙片を手のひらで隠すように持ったまま、ひらひら、と手を振ってみせる。

おろした手のなかには、『登録よろしく』という手書きのメモつきの名刺。かおりのプライベート用だろう、メールアドレスとＱＲコードが印刷されていた。

「ふむ……」

佐藤は一瞬だけ迷い、さてこれは、と考える。

わざわざ、佐藤と恋仲である伊吹に隠してのアクセス。これが一般的な男女の場合であれば、かおりにアプローチされたと考えるところだ。しかし今晩の会食において、彼女がそういう秋波のようなものをちらつかせることは一度としてなかったし、さきほどの顔つきも完全に、悪戯《いたずら》どっきり成功、といったものだった。

けれど目つきだけは、油断がなかった。そしてたぶん、伊吹が考えている以上に、彼女は伊吹を友人として大事に思っているし、大切にしている。

ふむふむ、ともう一度思考に沈んだのち、佐藤は手早くＱＲコードを読み取る。表示されたアプリは案の定、近頃はやりはじめた——そしてスマホオンチの伊吹が一切使っていないＳＮＳだった。しかもそのアカウント名を見て、佐藤はぶふっと噴きだす。

「や……やっぱりじゃないですか、本永さん……っ」

かおりのアカウント名は、【ONI-SENBIKI】。つまりは鬼千匹。有名な小姑に関してのことわざからの引用なのは間違いない。

ざっとタイムラインを眺めるが、ごく身内の連絡用らしく、数えるほどしかフォロワーがいない。そしてかおりのアカウント名について、ジョークと捉えているのだろう、『エイプリルフールじゃないのに、なにしてんの？』とツッコミをいれている人物もいた。

つまりは、佐藤が登録するこの瞬間だけ、この名前にわざわざ、変えたということだ。

「ほんと、マメだなあ……っ」

くっくっと喉を鳴らしながら、佐藤はタッチペンで——指が太すぎてフロック入力にはあまり向かないのだ——メッセージを作成した。

【フォローさせていただきました。今後ともよろしく！】

手短にそれだけを打ちこんで、紙片を財布にしまいこむ。ほぼ同時に、かおりをタクシーに詰めこんできたのだろう伊吹がこちらへと走ってくる、軽い足音が聞こえた。

「お待たせ、ごめん！」

「言うほど待ってないよ。暇つぶしもできてたし」

なにげなくスマホを振ってみせれば、「ならいいけど」と伊吹がほっとしたような顔をする。

同時に、にやにやしたままの佐藤に不思議そうに首をかしげた。

「なに、なんかおもしろい動画でも見た？」

「ああ、いや。うん、ちょっとSNSでね……っ」

ごまかそうとしたけれど、うっかり思いだしたせいでまた噴きだしてしまった。なんなんだよ、と眉を寄せつつも、伊吹もつられたように微笑んでいる。

「佐藤くんがそこまでおもしろがるって、どんなん？　おれもみてみたい」

「ご、ごめん、うっかり、いいねするの忘れて、流れてっちゃって……」

「あー、佐藤くんフォロワー多いもんな。残念」

今度はうまいことごまかされてくれたらしい。本当にこういうところは素直でありがたいと同時に、心配にもなってしまう。

（ほんと、悪いやつにだまされそう）

だからこそ、かおりも佐藤のひととなりを確かめたかったのだろう。あのSNSへの誘いにしても、伊吹のいないところでもう少し突っこんだ話をさせろというメッセージにほかならない。

苦笑いをかみ殺しながら、佐藤はその長い腕で、伊吹の肩をぐいと抱いた。

「うわっ、なに？」

「んー？　うん」

ふふふと笑いながら体重をかけてやる。重い重い！　と長い腕を振りまわす彼は、げんなりしたように息をついた。

「もう、なんだよ、こっちも酔っ払いかよ！」

「あはは。そうかも。つまみがよかったんで」

「よく食べてたもんなあ、ふたりとも……」

そんなふうにあきれ笑いを浮かべた伊吹は、飲みの間じゅう、さほど自分について話題にならなかったため気を抜いているのだろう。

今夜の集まりがなんのためであったのか――いちばんの『つまみ』がなんであったのか、失念しているようだ。

「……なに？」

じいっとその整った顔を眺めていると、酔っ払い相手だと思っているのだろう、わずかな苦笑いを含んだ目で見つめ返される。

夏の月が中天にかかる時刻だ。

ふだんビジネス街であるこのあたりに、もはや人影もない。

うん、とうなずいた佐藤は、そのまま顔を近づけて、薄いけれど意外にやわらかな唇へとふれようとし――失敗した。

「ここは、路上です」

「だめかなあ、ひといないけど」

「おれ的に、路チューはどこであろうと禁止です！」

ぎろりと睨まれる。伊吹の目は切れ長のうえに大きいので、本気で怒るとなかなかに迫力がある。

佐藤は「ふむ」と空を見あげた。

「じゃあ帰ってからならいい？」

「……おれ今夜はまっすぐ家に戻るよ？」

「いやいやいやいや、まあまあ」

「いやいや……じゃないって、おい、佐藤くん!?」

がっしりと肩にまわした腕で、駅に向かう道を歩きだす。

伊吹も口では文句を言いながらも、ここで酔っ払いを放りだして帰る性格ではないから、たぶん今夜のお持ち帰りはうまくいく。

「なんにもしないって」

「それ、こういう場面で言うといちばん信憑性《しんぴょうせい》ない台詞《せりふ》じゃない？」

「ほんとほんと」

ふふっと笑って、佐藤は息をつきながら、のんびりとした口調で言った。

「……ただ、なんとなく一緒にいたいだけなんだけど、それでもだめかな」

返ってきたのは沈黙だけ。

しかもいままでいままで佐藤の巨軀《きょく》を引っ張るようであった足並みが、とたんのろりと遅くなる。

おや、と佐藤は隣をうかがった。そして、失敗を悟った。

赤くなった顔で、困ったように眉を寄せて、伊吹が唇をかんでいる。

うつむきがちなのに、視線は落ち着きなくゆらゆらと揺れていて、知らず佐藤は喉を鳴らした。

「あのさ、伊吹くん。そういう顔されると、ほんとにおれの台詞が信憑性なくなっちゃうんだけども」

「……顔とか知らねえし……」

だったらその、いかにも頼りなくなった声を耳元で聞かせるのはどうにかしてくれないだろうか。

(うーん。やっぱり酔ってるかな)

自分で思うより、アルコールに負けているらしい。

そうでなければ、伊吹が怒るのをわかっているのに、すぐ側にある、くせのある髪から覗《のぞ》いた白い耳に、噛みつきたい衝動をこらえきれたはずなのだ。

「……っ佐藤くん!」

「路チューではないよ?」

「もっとだめだろ！」

怒鳴って、ついに腕を振り払われた。おっと、とよろけてみせれば、怒りたいのか心配なのか、その両方がミックスされたような複雑な顔のまま、伊吹が腕を引っ張ってくれる。

「もう、なんなんだよ。こんな酔っ払った佐藤くん、見たことないんだけどっ」

「あははは、ごめん」

伊吹はむくれた顔をしつつも、もういちど肩に腕をまわさせなおして「やっぱこっちもタクシーかなあ」とぼやく。

「佐藤くん、財布に余裕あります？」

「カードあるんで、最悪どうとでも」

「んじゃ車拾うか。あー、くっそ。さっき一緒に拾っておけばよかった」

この辺あんまりタクシー流してないんだよ、と文句を垂れつつ、重たい佐藤の腕を肩に乗せたまま伊吹は歩きだす。

(案外、ちから強いんだよな)

佐藤に比べれば細くて低い、と言えるけれど、そもそも伊吹も充分に長身で、体格はいい。おまけにダンサーという、身体能力を磨くのが本業である仕事についている。

「すごいな、伊吹くん。おれのこと送っていける相手、はじめてかもしんないわ」

「はあ？　……ああ、なるほど」

考えたままを言うと、伊吹は一瞬なんのことだという顔をした。だがこの状況、と肩を借りる体勢を示せば納得する。

「……それでかな、おれが酔ってるの」

「話つながってんの？　それ」

「うん、だって送ってくれるじゃん。安心できるのっていいねえ」

ふはは、と気の抜けた笑いを浮かべた佐藤に、また伊吹が沈黙した。ふれた部分がさっきと同じく熱いので、ふたたび赤面しているらしいと知れる。

今度は、どうした、と佐藤は問わなかった。照れるだろうなと思っての発言でもあったし、我ながらちょっとあざといかなと思ったせいでもある。

「……タクシー、やっぱこねえな」

それでもぶっきらぼうに、それだけつぶやくのが精一杯の不器用な恋人が、思惑どおりそわそわした気配を醸しだしてくれたので。

じつのところ、ポケットのなかの携帯は、さきほどからメッセージの通知を知らせるバイブレーションがひっきりなしであったのだけれども。

（本永さんすみません、返信全部あした以降になります）

佐藤は心のなかで合掌し、それらのすべてを無視したまま、あまえるように近い位置にあるやわらかい髪に、そっと頭をこすりつけた。

叱られるのも愛ゆえに

足取りも軽く部屋にはいってきたそのひとは、勢いよくドアを開けるなり言った。

「ミッフィー、血ぃ吐いたんだって？」

「言いかた！」

そうして久々に顔をあわせるなり、隣にいた相棒、秀島照映《しょうえい》に思いきり頭をはたかれる。早坂《はや　さか》未紘《みひろ》は、もとから大きめの目をまんまるくしたあとに、吹きだした。

「あはは。いらっしゃい、久遠《くおん》さん」

「いらっしゃいましたよ。っていうか、なになに。なにがどうしてそうなった」

ずいと近づいてきた長身の美形、霧島《きりしま》久遠は、リビングのソファでホットミルクをすすっていた未紘をぎゅっと抱きしめる。彼のハグには慣れっこなので、未紘も、細身に見えて広い背中をぽんぽんと叩いて返した。

「照映さんから聞いてません？」

「こいつがそんなのいちいち言うと思う？　倒れて病院送りだったことだって、今朝《けさ》になってやっとだよ」

――しばらく早あがりするわ。

――なんで？

――未紘が胃に穴あけて倒れた。

「……ってさあ！　この間いきなり早退して休んだりしたときも、理由言わないし。どうせまた、無駄な虚弱体質出たのかと思えば」

「虚弱体質じゃねえっつってんだろ。あといいかげん離れろ、未紘がつぶれる」

「年中無駄に熱出してるのは充分虚弱体質だろ。んなこたいいとして。なんでおれにまで黙ってる必要あるわけ？」

「そりゃ悪かったが、まず離れろって！」

引き剝がそうとする照映にあらがい、未紘にへばりついたままの久遠は子どものようにぶーと口を尖らせてみせる。

「おっさんがそんな顔すんな気色悪い」

「気色悪くないです〜。ねえミッフィー」

「ないです、ないけど、いやさすがに重い……」

なにしろ久遠の身長は照映と同じで、見た目の体格こそずいぶん細く見えるのだが、彼の体脂肪率は一桁台なのだ。最近は体力作りにとボクシングジムにまで通いだしたそうで、ちらりと見せてもらった腹筋はわりとえげつなく割れていた。

（でっかくてひょろっとして見えるだけだし、このひと）

実際いま、首に巻きついている腕をタップすれば、自分のそれとはまるで太さが違うと未紘は実感する。

「まじめに重たいです久遠さん……」

「おっとごめん。病みあがりだったねえ。いやまだ病んでるの？」

「言いかた……」

ようやく、ハグだったのかプレスだったのかわからない状態から解かれ、隣にどさりと腰掛けた久遠は長い脚を投げだすようにして組んだ。

「んで？　細かい話をおじさんに聞かせてくれない？」

「おじさんて……似合わないなあ」

「もうさすがにお兄さんは図々《ずうずう》しいでしょ」

ニコニコする久遠に、思わず笑ってしまう。照映と同い年の彼もまた、すでに四十代のはずなのだが、見た目は出会った当初から変わらない美青年ぶりで、いまだ年齢不詳なのだ。

「ぜんぜん、そんなことないですよ」

「……うーん」

「久遠さん？　どうか……うひぇ!?」

じっとこちらを見ていた久遠が、きょとんとする未紘の頬《ほお》をいきなりつまんできた。あげく思いっきり横に、もいんと引っ張ってみせる。

「ねー照映、この子、すっかり方言しゃべんなくなっちゃったのなんで？」

「ひゃんへっへ《なんでって》……」

いつの間にか部屋を離れ、ふたりぶんのコーヒーを淹《い》れてきた照映が、久遠のぶんのマグカップをテーブルに置きながら言う。

「未紘くんは、お疲れモードだとそうなるらしいぞ」

「ふぅん。じゃあまだ病んでるんだ」

「ひゃはら《だから》、ひぃはは《言いかた》！」

もう！　と両手を振り払えば、思うより真面目な顔でじっと見る久遠がいて戸惑う。照映はたったまま、ずずっとコーヒーをすすった。

「観念しろ未紘。そいつわりと怒ってんぞ」

「え、え……怒ってって、なんで」

「そりゃあおまえ。無理無茶のあげく胃に穴あけて血を吐けば、ふつう親しい人間は心配するわけだ」

「えっ、はい……」

「しかも迎えにも行かせず、自力で自宅に戻って一日死んだみたいに寝ていたなんて聞けば、心配とおりこして腹がたってくるわけだ」

「えっそれはもしかしてあの、照映さん」

あなたもわりーと根に持っていらっしゃる？　とは、訊けなかった。なにしろこれだけ未紘に久遠が詰めているというのに、一定の距離を保ち、いっさいの助け船を出さないまま傍観に徹している時点で察しろという話である。

「さて、早坂未紘くん」

「お、おう、はい」

「なにがどうしてそんなことになって、こーんなほっぺたカッサカサになっているのか、このおれに、懇切丁寧に、一から十までぜんっぶ、お話しましょうか」

にっこり微笑んだ久遠の笑顔はうつくしく、語尾にはハートがついていそうなあまったるい声だった。

だが未紘の全身には足下からさざ波のような怖気《おぞけ》が走り、すでに頬を引き延ばす長い指は離れているというのに、涙目で「ひゃかりまひた……」とかみかみの返事をすることしか、できなかった。

激務。トラブル。神堂《しんどう》の本。慈英の装画。灰汁島《あくしま》のスランプ。そして激務、トラブル。

このところあったアレコレについて、ひとくさり聞き終えたのち、久遠は至極あっさりとこう言った。

「はー。いろいろあったね」

「……あ、はい」

あまりにさらっとしていたので、未紘は拍子抜けする。

「なあにその顔」

「いえ、なんかお説教とかされるかと、てっきり」

「なんで？　しないよそんなの。黙って病院から帰ったことだけは怒るけどね。危ないでしょうが。点滴打つレベルでふらふらしてたのに、途中で倒れたらどうすんの」

今度は鼻をつままれた。

「ひゅみまひぇん……」

謝罪しつつ、なんとなく腑《ふ》に落ちないままじっと久遠を上目遣いに見ていれば、彼は苦笑する。

「まあ、心配するのもおれの勝手だけどね。それ以上を口出しする気はないよ。だってミッフィーの仕事は、きみのものだからね」

「え……」

大きな、そして繊細な手が、ぽんと頭に乗せられる。

「もうだいぶ東京の生活も長いから、お国なまりが薄れてってるのは知ってる。それくらい、きみはちゃんとここで自分の居場所作って、働いて、大人になってる。そうして懸命にやっていることについて、多少無茶だろうと、他人がどうこう言える筋合いなんてどこにもない」

「そんな、おれ、久遠さんのこと他人とか」

「ああ、はは。ありがとう。でもこの場合は文字通り『自分以外の他のひと』ってこと」

言いさした未紘の頭を叩いて、わかっている、と久遠はやわらかく笑った。

「大人になったミッフィーが……未紘くんが、頑張ってる状況や気持ちに水を差すのは、それこそいらぬ世話ってやつだし、必要はないでしょ。まあ、倒れる前に気をつけようねとは思うけど」

「それは、す、……はい。わかりました」

すみませんと言いかけて、目顔で制された。未紘はしっかりうなずくことで応える。

「ていうかこの場合さあ、照映が監督不行き届きなんじゃないの」

「おれは自主性を重んじるんだよ。つーかおまえこそ、未紘には相変わらずあまいな？　慈英相手にはクッソミソなくせに」

「だって、おれジェイくん好きじゃないもん」

久遠はけろっと嘯《うそぶ》く。いまや世界にも名を馳せつつある『秀島慈英』を、誰も呼ばない、久遠だけのあだ名で――おそらくそれも多分に、揶揄《やゆ》や皮肉を含んだ意味で『ジェイくん』と彼は呼ぶ。

むかしは、ふだん誰にでもやさしい久遠が慈英に対してだけ皮肉な態度でいるのが不思議だった。けれど自分よりずっとつきあいの長いひとたちだし、人間には相性というものもある。未紘にはわからないなにかがあるのかな、などと思って見ていたのだが。

「……久遠さんのそれって、『ナザレのイエス』みたいやね」

「へ？　なんでここでキリスト？」

ぽかんとする久遠に「ええと」と未紘は苦笑した。

「おれも詳しくないけど……イエスが聖人として有名になっても、出身のナザレに帰ったら『大工の子じゃないか』って言われたっていう逸話が、たしかあって」

「他国坊主に地侍ってやつか」

黙って聞いていた照映がぽつりと口を挟んでくる。「なにそれ？」と久遠が首をかしげる。

「高説を説く坊主は、よそから来た身元などわからないほうが偉く見える。対して地回りなんかする警備のやつは地元民のほうが信用できるってやつだ」

「ふーん……え、ごめん、よけいわかんない」

「あ、だからえっと……」

「慈英が偉くなろうがどうしようが、久遠にとっちゃあいつは一生、『気にいらないクソガキ』だって言いたいのかってこったろ」

くっく、と照映は広い肩を揺らして笑った。言いたいことのほとんどを言われてしまった未紘は困り眉で笑うまま「……ということです」と久遠を上目遣いに見る。

「なんか、なんとなく、久遠さんくらいは、秀島さんのこと死んでも特別扱いなんかしない、ってそういう『他人』でいるってこと、なのかなーと」

彼はめずらしく、なんともつかない苦い顔をしていた。

「……やな成長したなあ、ミッフィー」

「へへへへ」

「褒めてないんだけどねぇ？」

ぐりぐりと拳で頭を撫でられる。「痛い痛い」とわめきながらも未紘は笑った。

「だって可哀想《かわいそう》じゃない、あんなに誰でも彼でも愛されて憎まれて、おれくらい純粋に、いけすかなぁいって思ってる人間がいないとさあ」

「に、憎まれてる時点で充分では……？」

言いながら、なんとなく朱斗のパートナーである美貌のデザイナーの顔が浮かんだが、未紘は口には出さなかった。

「そういう面倒くさい感情じゃなくて、面と向かって『嫌いだわぁ』って言ってあげないとねえ？　彼のためにもさ？」

「……本音のところは？」

「いや、わりとガチで好きじゃないけどね」

すんっと真顔で言われて、本当にどこまで本気かわからない、と未紘は苦笑した。

「あの照映さん的に、いとこさんについてのこのコメントは……」

「いやあ、いいんじゃねえの」

けろっと言う照映に「いいんだ?」と目をまるくする。

「慈英は、そういう久遠のこと嫌いじゃねえからなあ。嘘《うそ》がないから楽だってよ」

「あー……」

アート界の魑魅魍魎《ちみもうりょう》については、すこしだけ未紘も理解できる。出版業界もかなりなものではあるが、あちらは話が世界規模のうえに動く金額は天井知らず、名誉名声もケタ違いという状況だ。寄ってくる有象無象について、けっして人間関係に器用でない慈英が負担に思っているのは知っている。

「そうやって嫌ってもこないところがよけいむかつくんだけどねえ」

「……久遠さん、それ思いっきり弓削さんと同じコメントになりますよ」

「えっそれはヤだ!」

慈英についてのコメントよりよほどショックを受けた顔をするから、未紘は思わず笑ってしまう。そうして腹筋にちからがはいると、まだすこしだけしくりと痛む腹部をおさえた。目ざとく、久遠が声をかけてくる。

「まだつらい?」

「あ、もう、胃痛の名残《なごり》くらいです。まだ胃酸が強いみたいで。もうちょっとしたら平気だと思います」

飲みさしの、ぬるくなったホットミルクを一気に流しこむ。とたん、腹に満ちたそれで痛みが緩和されるような感覚があった。

ほっと息をつくと、照映の手が飲み終えたマグカップをとりあげる。

「……ぼちぼち横になっとけ、未紘」

「ええ、まだ――」

「ダメだ」

じろっと迫力のある目で見おろされ、「はあい……」と顎《あご》を引く。久遠を見れば、すっとたちあがった彼は未紘の頭をくしゃくしゃと撫でた。

「じゃあおれも、これで。安静にするんだよ」

「はい。お見舞い、ありがとうございました」

たちあがろうとした未紘に「そのまま」と言いおいて、久遠は歩きだす。

「照映もちゃんとミッフィーの面倒見ろよ」

「言われなくてもしてんだろ」

「ふざけんな。それが足りてねえから倒れたんだろうがよ」

他の誰にもしない、地のきつい言いまわし。じろりと見やる目線も鋭い。照映は動じないまま苦笑する。

「ほんっとにてめえは、懐にいれたのとそうじゃないのの差が激しいな」

「ひとのこと言えるか。……大事にしてやれ」

裏手でぱしんと照映の胸板を叩き、久遠は「じゃあね」と去っていく。未紘は言葉にあまえたままその場で手を振り、ややあってぽすんとソファにひっくり返った。

「……疲れたか」

玄関まで見送ってきた照映が戻ってくるなりそう言って、顔を覗きこんできた。

「驚くほど体力が削れております……」

「だろうよ。まだひとに会うのは早いっつったろ」

「んーでも久遠さん、会いたかったし」

へへ、と笑えば、額を軽く叩かれ、そのあと撫でられた。思わず目を閉じると、ふわりと毛布がかけられる。

「ここで寝とけ。もうちょっとしたら飯の時間になるから、そしたら起こす」

「はあい。……ご飯、なに？」

「喜べ、今日は雑炊だ。鶏挽肉《とりひきにく》なら入れてやる」

「わあーい……」

未紘はげんなり両手をあげる。昨日までは白粥《しろがゆ》だったことを思えばだいぶ進歩だ。それでも、固形物が早く食べたいと切に願う。

「食いたきゃ、寝て薬飲んで治れ」

「胃に言ってください」

「胃に言ってる」

べちべちとまた額を叩かれ、むくれる気力もないまま今度こそ、未紘は本格的に目を閉じた。どっと重たい身体は自分のものではないようだ。本当に、早く治ってほしい。

「……あんま、心配かけんじゃねえぞ」

夢うつつ、そんな言葉が聞こえた気がして、ごめんなさいと言いたいけれどもう、身体は眠りのなかだ。

頭を撫でるやさしい手に促されて、未紘は回復のための睡眠に、ゆっくりと落ちていった。

なべて世はこともなし

「あっ」

思わず口から出た声は、ごくちいさなものだった。だというのに、大音量で流れる音楽のなか、彼はたしかにこちらを見る。

「あ、ど、どうも。ご無沙汰してます」

「……ああ」

尊大に顎をしゃくった弓削碧と顔をあわせるのは、じつに何ヶ月ぶりのことだっただろうか。

大仏伊吹は、目のまえに現れた端整というにも華やかすぎる美貌をまえに、こっそりと息を呑《の》むほかない。

ふたりが久々に再会したこの場所は、伊吹のダンサー仲間が働いている都内のクラブだ。

クラブ、とひとくちに言ってもさまざまだが、ここはパフォーマーがステージイベントを行うタイプの、ライブハウスとディスコが混在しているような箱で、伊吹の友人は事務所が専属の契約を結んでいる。

定期イベントのおかげで収入も比較的安定しているが、代わりにチケットノルマがあり、悪いが協力してくれと言われて快く引き受けた。ダンサーや役者といったパフォーマンスを生業《なりわい》とする人間は、この手の相互扶助で成りたつ部分も大きい。

今回は観客全員がフロアで踊るのではなく、フロア前方にステージをしつらえ、ダンスパフォーマンスショーを披露する。そのため廉価なスタンディングチケットとはべつに、ソファにフード、ドリンクつきのＶＩＰ席チケットも用意されていた。

友人は、できれば一万円のＶＩＰ席チケットを買ってほしそうだったが、今月はいささか懐具合が厳しく、その半額のスタンディングにさせてもらった。これでもけっこう伊吹にとっては痛い出費だ。

そして、弓削はといえば当然のように、ＶＩＰ席のソファで長すぎるほどの脚を組み、背もたれに両腕をかけてふんぞり返っている。

正直、その両サイドに着飾った女性でもいれば完璧じゃなかろうかと思う。彼がパフォーマンスをする側ではなく、それをプロデュースする側なのが不思議なほど、華がある男だ。

（……えーと）

そしてその豪奢《ごうしゃ》な男に見据えられた伊吹はといえば、正直、かなり、気まずかった。

仕事で顔をあわせたならば、イベントプロデューサーとダンサーとしての『立場』が自然と、言うべき言葉やとるべき態度を選ばせてくれる。弓削もそれなりに、社交辞令的な表情くらいは作るだろう。

だが、お互いが完全にプライベートの状況で顔をあわせるとなると、そうもいかない。冷ややかな目つき、知人に会っても愛想笑いすら浮かべない尊大な態度。

(なんで気づいちゃったかなあ……ていうか、なんでＶＩＰ席なのに、フロアの入り口付近にあるかなあ……っ)

おかげで入店するなり知った顔を見てしまったではないか。若干やつあたりめいたことを考えるのは、伊吹がいささか、弓削碧という男を苦手に思っているからだ。

むしろ、無視してもらったほうが気まずくなかったのでは——と、内心冷や汗をかいていれば、驚いたことに話しかけてきたのは弓削のほうからだった。

「座んねえの」

「あ、いえ、おれは立ち見のほうなんで……」

「べつに、あいてるし」

座れば、とこれも顎をしゃくられる。失礼を通り越して無礼な態度なのに、不思議と碧相手には腹がたたない。上位でいるのがあたりまえだと、全身で語っている男だからだろうか。

「……えっ？　隣ですか？」

「自分と同じくらいの身長の男、膝《ひざ》のうえに乗せてどうすんだよ」

「え、いやそういうことでなくアハハ」

このひとも冗談とか言うんだなあ、と伊吹が苦笑いをするけれど、まったく碧は反応しない。まばたきのすくないうつくしい目でじっと見られ、もうどうしたらいいのかわからず、おずおずと近づいた。

「じゃ、じゃあ、し、失礼します」

「ん」

これも尊大にうなずかれ、やたらにふかふかして腰が沈むソファに腰掛ける。正直あまりにクッションがやわすぎて腰を悪くしそうだ。碧が背もたれに腕をかけているのは、態度が悪いのではなくこうしていないと座り心地が悪いせいではないだろうかと、沈みこまないために長い脚を開くほかなくなって伊吹は悟った。

「えー……と、弓削サン、で、いいですかね」

「かまわねえよ」

「きょうは、おひとりですか」

「見てわかんだろ」

素っ気ないにもほどがある対話に、苦笑を禁じ得なかった。伊吹は正直、いわゆるコミュ障というほどでもないが、そこまで社交的な人間でもない。一般的な世間話程度はできても、さしたる話術があるわけではないし、慣れない相手にはやはり緊張する。

碧は、なかでも緊張度の高い相手だ。なにしろ大人気のイベントプロデューサーであり、ダンサーとして幾度かプロジェクトに関わった伊吹からすれば、相当の上位に位置する人種。

くわえて——むしろこちらのほうがややこしいのだが、伊吹の恋人である佐藤一朗の、小学校以前からのつきあいである幼なじみで、親友。

——あのふたりなあ、なんだかんだむかしは、ニコイチやってたん。

いつだったたか、伊吹にそう言ったのは、佐藤の友人でもあり弓削の恋人である、志水朱斗だ。

——いまは仕事のせいで時間もかみあわんし、あんまりそう連《つる》んでるわけやないけど。なんかあれば碧はさとーくん呼びだすし、さとーくんも碧の言うことはだいたい聞いてやるって感じ。

見た目も職業も性格も、とにかくどこをとっても違うタイプであるのに、不思議とコンビでいれば違和感がない。それをずっと隣で見てきた朱斗が言うから説得力が違う。

——あと、さとーくんて、同い年なんやけども、ちょっとおれらの保護者ぽいねん。だから、さとーくんが碧にあまくても、伊吹くんは気にせんで。

苦笑して言う小柄な朱斗は、見た目だけなら伊吹より五つほどは年下——ヘタすると二十歳《はたち》前後にしか見えない。けれどその言葉と表情は、彼が大人なのだと知らしめるものだった。

(ばれてたかな)

かつてまだ佐藤とつきあいだして日が浅いころ、碧を特別視する佐藤に、妬けると打ち明けたことはある。佐藤はそういうことを朱斗に言うタイプでもないだろうけれど、感じるものはあったのかもしれない。

——あいつ、案外子どもっぽいとこあるから。堪忍な。

幾度か塩対応をされた伊吹に、朱斗はそんなふうに言ってみせた。それは奇しくも、伊吹を妬かせた佐藤と同じく『身内』としての謝罪だったのだけれども、朱斗がそうするのは立場的にも関係的にも当然だったし、素直にうなずけた。

(子どもっぽい、かあ)

碧の態度は一見、とりつく島もない、という感じではあるが、無視はされないし返答はくる。そもそも、スルーすることだってできたはずの伊吹を隣に呼んだのは彼だったりもするので、すくなくとも悪意をもたれてはいない、はずだ。

この場の空気をどう整えるか考え、脳内で佐藤や朱斗の言った碧についての情報を必死になって掘り起こしていた伊吹は、しかし次の相手が発した台詞で、固まった。

「おまえ、佐藤と別れる気、ある?」

「……は?」

ぎょっとなって見やった隣の男は、まだショーのはじまらないステージを、つまらなそうな顔で眺めていた。そしてこちらが唖然《あぜん》としているのを、横目にちらりと眺めてくる。

温度のない、まったく感情ののらない流し目。それでも強烈な色気と魅惑だけは放ってくる。

これは、と伊吹は目をしばたたかせ、居住まいを正して、にこりと笑った。

「え……と、言われる意味がわかんないんですが」

「なんでだよ。簡単な質問だろ」

「いや、そもそも、弓削さんにそのことについて口だされる覚え、ないと思うんで」

笑いをほどき、一瞬だけ真顔でじっと見やる。碧もまただらけていた背を起こして、こちらへ向き直った。

(圧、すっげえな)

わずかに息を呑むが、気圧《けお》されまいと背筋を正す。

「一応答えますけど、別れる気はないですよ」

「へえ。どんくらいの間?」

んん、と伊吹は首をひねった。またあいまいな質問だ。なにか試されているのかとも思う。

とはいえ、そもそも弓削碧という男を、伊吹はろくに知らない。超がつく美形で才能あふれる総合デザイナーでプロデューサーで、クセの強い性格をしていて、佐藤と朱斗の友人であり恋人。

どれもこれも、他人からもたらされた情報の外殻だ。中身にふれたことはろくにない。そしてたぶんいま、交わしている会話がその、内側に踏みこむ第一歩なのだろう。

唐突で、なにひとつ身がまえるひまも覚悟をつける間もなかったけれど、まあ、往々にしてことが起きるのはそういうときだ。

ふう、と息をついて伊吹は再度口を開いた。

「えーっとなにがお訊きになりたいのかわからないんで、思ったまま言いますけど」

「どうぞ」

「おれとあのひとが、ふつーに仲よくつきあってる間は、ですかね」

碧が驚いたように目を瞠った。彼と接した回数はそう多くもないけれど、これがとてもめずらしい表情であるのはわかる。

「なんですか？」

「いや……なんのひねりもねえ返事だなと思って」

「弓削さんがどういう答えを期待してたのかもわかりませんけど、特にウケを狙うような会話しているつもり、ないっすから。つか、それ以外答えようもないでしょ。さきのこととか、わからんですもん」

穏やかな声で気負わず告げると、ますます碧が目をまるくする。そしてややあったのち、これも意外なことに「ぶふっ」と噴きだした。

「ふ、ふは！　ま、まあ、そりゃそうだな……っ」

あげく、身体を折って笑いはじめる。爆笑する弓削碧。これもたぶん、ものすごくレアなんではないだろうか。唖然と眺めていれば、ひいひいと笑った碧が切れ切れに言葉をこぼす。

「な、なにがヘタレだ佐藤のやろう……たいしたタマじゃねえかよ」

つぶやきの意味は正確にはわからない。わからないが――たぶんこれ、自分は怒っていいところなのでは？

「えーっと……おれ、唐突に意味わからん質問されたと思えば笑われてるわけで、けっこう、つか相当、失礼だと思うんすけど」

「あ、ああ、まあ……そう思ったんなら、悪かった」

そう思ったんなら、ときたか。さすがに目を据わらせると、碧はまだにやにやと笑いながらこちらを見た。

「言っておくけどべつに、あいつと別れろって意味じゃねえから、誤解すんなよ」

「充分、圧かけられた感あるんすけど……？」

「そりゃそっちの受け取り方だろ」

「……こっちの。ナルホド」

（あくまで、ふつうに謝罪する気はなし、と）

形ばかり詫《わ》びているようで、いっさい碧自身の咎《とが》はないと同時に主張する。もういっそこの無礼さには感心するしかないのかもしれない。うろんな目つきになりつつ、伊吹は思った。

（佐藤くんと朱斗くんて、すげえなあ……このひとと人生半分以上つきあってるとか）

そしてこのあといったい、自分はどうすれば？　業界でも有名な『弓削P』に、流れとはいえ若干けんかを売った――いやこの場合は買った？――感じになっているわけだが。

「で、弓削さんはじゃあ、なにがしたかったんです？」

「べつに、なにってこともねえけど。訊いてみたかったから訊いただけ」

そしてまともに答える気もないようだ。今度こそあからさまにため息をついて、伊吹は腰をあげた。

「なんだ、見てかねえの？」

「おれはもともと立ち見のチケなんで。庶民らしく、平和に壁にもたれておきます」

「あ、そ。んじゃまあ、ドウゾ」

またなにがツボにはいったのか、碧はくっくっと喉を鳴らして笑った。ご機嫌なようでなによりです。どうにも伊吹のことを笑われているようだけれど、理由がわからない。もういいや、と相互理解はあきらめた。深堀していい相手でもないし、たぶん今後も、あんまりわかりあえる日がないことだけは感覚で理解した。

（変なひとだなあ）

ただ、嫌悪感はまったくない。碧はあまりにも傲慢だし意味がわからないけれど、肌に感じる部分で、こちらへの攻撃性はないように思えたからだ。実際「別れろというつもりはない」と言っていたのも嘘じゃないだろうと、それは信じられる。

「それじゃ、また次どこかで会ったらよろしくお願いします」

一応は業界人らしく、社交辞令程度の言葉は残した。碧はこちらを見もしないまま、長くきれいな指をひらりと振っただけ。伊吹も背を向け、まっすぐスタンディングのフロアのほうへと足を運ぶ。

いったい、なんだったんだろうなあ。そんな漠然とした不可思議さで、頭をいっぱいにしながら。

＊　＊　＊

それから、数日後の話になる。

「先日は、碧が大変な失礼を、したようで、申し訳ない」

佐藤がお勧めの、自宅付近にあるおいしい中華料理店。深々と頭をさげたのは、対面した席にいる朱斗だった。

「もうマジあいつ信じられへん……いきなり伊吹くんに絡むとか。叱っといたから、堪忍な？　いやあいつのことは許さんでもええけども、ほんっとごめんな？」

「え、いや……気にしてない、し」

うわそれここで言っちゃうの、朱斗くん。と伊吹は隣にいる佐藤をちらっと横目に見る。

「……碧が失礼って、なんの話？　朱斗」

「それがな、さとーくん」

ちょっと聞いて、と自分こそが憤慨したように、朱斗があの晩のことを語りだす。そんな細かいことまで話したのか、記憶力いいなあだとか、若干いたたまれなくなりつつも、伊吹は押し黙っていた。

あの日のことは、佐藤の耳にはいっさいいれていなかった。なにをどううまく言っても、碧の言葉だけをとれば『交際に反対してきた小舅《こじゅうと》の威嚇』としかとれない台詞になっていたし、あの珍妙な空気感を、悪口にならずに伝えるだけの語彙《ごい》を、伊吹は持っていなかったからだ。

(いやしかしこれ、裏目に出た?)

朱斗の話を黙って聞いている佐藤の目が、なんとなくではあるが、ヒンヤリしてきた気がする。

熱中症のおかげで、佐藤とは一時的に同棲《どうせい》状態にあったが、いまではまたあのぼろアパートに戻っている。毎日顔をあわせるわけでもないが、出会ってからの習慣のような「一緒に夕飯」は続いていて、あのクラブイベントからもう三度ほど食事をともにしたけれど、その際にも特に話題にはのぼらせていなかった。

「――てなことやった。ほんま、それ笑いながら話してきたんで、どついたったわ」

「あ、あの、朱斗くん。おれまじでべつに怒ってないし、なんとも思ってなくて」

「それはあくまで、伊吹くんがやさしいおっとりさんだからの話であって、あれが失礼したこととは関係ないんですっ!」

「や、やさしいおっとりさん……?」

それは佐藤のことではないんだろうか。自分に対する評価としてはなんだか違うようなと思いつつ隣を見れば、あんまりやさしくもおっとりもしていない気配の恋人が、肘《ひじ》をついて長い指を口元にあて、なにか考えこむように真顔で口をつぐんでいる。

「あ、あの、佐藤くん」

「なんで伊吹くんはさ、それ、おれに言わなかったの？」

伏せていた目をあげて、きろっと見られる。眉間に皺《しわ》が寄ったり、睨んだりこそしてはいないのだが、ふだんがにこにことしているぶんだけ、真顔の佐藤は迫力がすごい。思わず居住まいを正して息を呑むと、朱斗が「さとーくん」とたしなめるような声を出した。

「脅してどないすんの。べつに伊吹くん、わざと黙ってたわけやないねんから」

「え、脅してなんか」

「ふだん笑《わろ》てるひとが真顔になると、そんだけで怖いねんて。ちゅーか、おれもまださとーくんのその顔、慣れんわ」

「そ、そうか」

自分では無意識だったのだろう、ぐいぐいと頬をおおきな手でこすっているのがおかしい。

「……えっと、言うまでもない話だしなと思って、言わなくてごめん」

「ほらぁ。さとーくんがそういう顔するから、一番悪ない伊吹くんが謝ってもうたやん！」

「ああ、こっちこそごめん」

もう！　と声をあげる朱斗と、なぜだかあわてる佐藤に伊吹は笑ってしまう。

「いやうん、でもまあ、ふたりの親友に会ったのに話しもしてなかったのは不自然ではあったよなあって。ただ……なんだろな、弓削サンなにがしたかったのかいまいちわかんなくて、どう言えばよかったんだかと思って……正直あれ、なんだったの？」

謎すぎて思考を放棄していたが、こうなれば訊いてしまえと伊吹が尋ねる。佐藤と朱斗は微妙な顔で「どうする？」とでもいうように目線を交わしあい、同時にため息をついた。

「あんなあ……たぶんやけども、さとーくんのコイビトで、碧紹介されて、いっさいなびかんかったん、伊吹くんが初やねんよ」

「お、おお……？」

そうなの？　と目顔で問えば、佐藤が苦笑してうなずく。

「そやから、おもしろなってちょっかいかけてみたんやないかと思う。あー、一応言うておくけど碧、自分からさとーくんの彼女たちにコナかけたことはないよ」

「それは言われずとも……つかまあ、弓削Pだから」

ことにいまより若いころともなれば、女性は一目で落ちるだろう。それくらい強烈な美貌だし、カリスマ的吸引力もある男だ。

「まあ、そんななんで、碧的には伊吹くんの返事も態度も、気にいったんやと思う」

「そ、そうなの？」

「うん。『ふつーに仲よくつきあってる間』て、気負っとらん、いい答えやなっておれも思ったよ。それに、ちゃんと努力して仲よくしていこう、って思ってるやろ？　それ大事」

褒められるようなことをなにも言った覚えのない伊吹は、なんだか尻の座りが悪くなる。眉をさげると、朱斗に微笑みかけられた。その笑顔に含まれる包容力は、さすがにあの複雑怪奇な男とつきあいきるだけの胆力がある相手だ、と思わされるものだった。

「なんか、この間の会話で、佐藤くんも朱斗くんも、あのひとともだちやってられんのってすげーなって、あらためて思ったなあ」

「……あんだけ失礼されて感想がそれて、やっぱおっとりさんやん……」

朱斗にしみじみと言われ、逆に恥ずかしくなる。「いや、なんつか……人種違いすぎて」ともごもご言えば、頭におおきな手が乗せられた。

「な、なに、佐藤くん」

「なんかかわいいいから撫でたくなった」

「かっ!?」

伊吹が顔を赤くして声を裏返せば、それこそかわいい朱斗が「あーわかるぅ！」とけらけら笑った。

「伊吹くん、なんかかわええよな。おっきいけど。おれも撫でていい？」

言ったとたん、佐藤が「だめ」と即答し、「ケチ」と朱斗が口を尖らせる。テンポのよさにはつきあいの長いもの同士だけの空気があって、伊吹はただただ、苦笑した。

そして、このふたりにはけっして言えないなあ、と思うことがひとつ。

（いや、だってそもそものおれの好みって、むしろ、朱斗くんのほうだから……）

おそらく、碧というあまりに強烈な男がいるせいで、佐藤も朱斗も感覚が彼基準になっているのだろうと思う。そして現在、もともとノンケの佐藤と伊吹がつきあっていることで、ポジション的には『歴代カノジョ』と同じ棚に、無意識に据えられているのだろう。

が、根本的に伊吹は、ゲイであり、タチの側にいるほうだ。佐藤とは、どういう形であれ抱きあえれば嬉しいし、彼が望むかたちで抱かれて、なんとなく目覚めた感はある。

けれどたぶん、それこそ——考えたくは、いまはないけれど。もしも佐藤と別れる日がきて、次の恋をするときには、身体の大きな相手にはもう、近寄らないだろう。

自分よりちいさくかわいい、そんな相手を選んで、大事にしようとするだろう。

(だって、そうでないと)

なにをどうしたって、このおおきな手を思いだして、切なくなるだろうから。こんなふうに全身を預けてあまやかされることの心地よさを教えてくれる男には、もう二度と、巡り会わないだろうから。

だったら、次のかわいい子には、自分が彼にしてもらったことをしてあげてもいいかな——などと考える伊吹の頭が、きゅっと握られる。

「いて、……なに?」

「んー……なんとなく、伊吹くんが、あんまりよくないこと考えてる気がした」

「ええ? なにそれ怖いな」

苦笑しながらも、どきりとした。たまに佐藤はこんな具合に、伊吹の考えを読むことがある。

大抵はマイナス方面に気持ちがふられているときで、その絶妙さにいつも、してやられる。だから、逆にごまかせない。

「……まあ、もし次の彼氏ができることあったら、佐藤くんにしてもらったみたいにやさしくしようかなって」

「うわ、思った以上によくないこと考えてた」

「あははは、痛い痛い、ごめんなさい！」

佐藤の手で頭を摑《つか》んでぐらぐら揺らされると、わりと本気で痛い。笑いながら謝っていると、「ほえー」という朱斗の声が聞こえてきた。

「あ、ごめん。なに？」

ふたりっきりの空気になってしまっただろうか。あわてて伊吹が目を向けると、朱斗はそのおおきな目を何度もしばたたかせ、「なるほどなあ」と言った。

「こら、碧がちょっかい出したくなったのわかったわ」

「え、そ、そうなの？」

「うん。伊吹くん、ほんっとになんや……ふつうなんやなあ」

「あ、あんまりふつうふつう言われると、一応おれの職業的には若干……」

ダンスパフォーマンスは表現だ。そういうものに携わる人間にとって『ふつう』はある種、低評価に等しい。複雑な顔をすると「あ、ごめんそうやなく」と彼は手を振った。

「いや、そうやなくないか。伊吹くん、表現者やのに、ほんっとにまっとうで驚くねん。おれの周辺、尖りきってるひと多いから」

「あー……」

筆頭は碧、そしてそもそもいま朱斗がつとめる画廊を紹介したという、天才、秀島慈英。何度か彼らの集まりに呼ばれたが、たしかに、と伊吹はうなずく。

「そのぶん、思いつめると……みたいなとこもすごいんで……まあひとのことは言えんけどもさ、おれも。でもなんやろ、そうやってさとーくん隣におるのに『次は』て言えるの、さすがやなって」

「え、ど、どこが？」

「だって、それ言うても揉《も》めんてわかっとるから言うたやろ？　めっちゃさとーくんのこと、信頼しとんのやなあって。で、さとーくんもその態度やし」

それ、と朱斗が指さしたのは、伊吹の頭を摑んだままの佐藤の手だ。伊吹は頭上に視線をあげ、佐藤もまたきろりと目を動かす。ふたり揃《そろ》って首をかしげたのは偶然だが「ほらぁ」と朱斗に笑われた。

「なんか、つきあって十年近いおれらより、ツーカー感あってすごいわ」

「そんなことは」

「べつにないと」

「いや仲良しかい！」

これまた同時に言葉を発し、今度こそ朱斗にケラケラ笑われた。「ええよ、わかった」と手を振る彼は、目の端に涙までにじませた。

「おれも次につきあうひと、伊吹くんみたいなひとにしようかな」

思わず「え」と身を乗りだすと、「まんざらでもない顔やめてね、伊吹くん」と頭を締めあげられた。わりと本気で、痛い。

「要注意は碧より朱斗かなあ……マジで」

「えっさとーくん真顔やめてこわい」

「……あっそこでにこってするのもこわい」

「心外な。怖いなんて人生でろくに言われたことないのに」

ようやく手を離されて、伊吹は息をつく。そして、笑う。

「とりあえず伊吹くん、いまの話碧にバレると冗談でも完全に敵認定だから注意ね」

「……それは、重々」

釘《くぎ》を刺されて、深く頷く。「大げさな」と笑う朱斗は、自分のことには案外鈍いらしい。

それぞれが、それぞれに関わりながら、すこしずつ成長し、変わっていく。そういう彼らの輪のなかに自分の居場所があるのは、本当にありがたい。

（まあ、たぶん、次に会ってもろくに、弓削Pとは会話しねえだろうけど）

それでも彼もまた、ひとつなぎのなかにいるのがおかしくもある。

会話が途切れたところで、ようやく待ちかねた料理と酒が届いた。それぞれにグラスを持ち、毎度ながら、特に意味もなく。

「乾杯！」

ごつめのコップが奏でた音で、今宵《こよい》の宴《うたげ》のはじまりだ。

気づくよりもさきに、恋が

瓜生衣沙《うりゅういさ》は、自分の人生のなかで最大の幸運を、大好きな作品『ヴィヴリオ・マギアスとはぐれた龍《りゅう》の仔《こ》』がアニメ化され、その主役である『カタラ』の役を射止めたことで使い果たしたと思っていた。

だが現実はそんな程度の幸福で瓜生を許してはくれず、作品についての創造神とも言える作者そのひととの、対談企画までがやってきてしまった。

（なんかもう、吐きそう）

憧れていたひとに、会う。それは誰だって緊張するものだと思う。ましてや、十年も大ファンで、人生を変えてくれた作品を綴《つづ》った作家となれば、思い入れもひとしおだ。

ＳＮＳでもずっとフォロワーで、ひととなりはそれなりにわかっているつもりだった。けれど、直接会ったらネットでの印象と人格が違って見えることだってよくある。

尊敬しているひとだ。だからこそ、ひとりで盛りあがって身勝手に落胆するような、そんな失礼なことだけはしないでおこうと思った。そんな反応をされるとけっこう傷つくのは、自分も経験ずみだったからだ。

顔だけは、一方的に見たことがあった。とても疲れてつらそうな姿で、本音はそばにいって支えてあげたかったけれど、それはかなわない状況だった。だからせめて、彼に寄り添ってくれるひとを、どうにかしてその場に呼びだすことが精一杯だった。

背の高いあのひとに肩を貸し、寄り添うようにして去っていったそのひとは、小柄でかわいらしく、やさしそうだった。いいなあ、と思いながらも、名乗り出ることすらできないままで、見送るだけの自分がせつなかった。

思えば、もうそのときからとっくに、恋は、はじまっていたのかもしれない。

「はじめまして、あの、灰汁島セイです」

自分を自分として認知されての邂逅《かいこう》は、白鳳書房《はくほうしょぼう》の会議室。高い背が少しコンプレックスなのか、ちょっとだけ猫背気味に部屋へはいってきたそのひとは、隣にいる『あのひと』――小柄な担当編集に促され、こちらへと視線を向けてきた。

すこし照れたようなぎこちない挨拶《あいさつ》。ふわふわやわらかそうなクセのある髪、見あげるくらいの身長なのに威圧感はなく、やさしい草食動物みたいな印象の目。

そして間近に見れば、驚くくらいに整った顔だち。

すとん、と心臓に矢が刺さるような音がした。直後、ばっくん、とすごい音で、鼓動が跳ねた。手が震える、汗が噴きだす。仕事で鍛えた表情筋がすこしも言うことをきいてくれない。

「あああああの、ほん、ほほほんとに灰汁島先生ですよね」

渇ききった口を開けば、かみまくって震えまくって、みっともないったらなかった。やっと、はじめて口をきく機会がめぐってきたのに、彼の薄茶色の目が自分を見てくれているのに、こんなざまで、最悪だ。

（ああ、でも、だって、このひとが）

ずっとずっと、かみさまみたいに崇《あが》めてきた、大好きな作家。

「……あのえっと、瓜生さん」

「はいえっ、あっはい瓜生です！　ここ今回はよろしくおねっ……しゃす！」

またかんだ。恥ずかしい。しにたい。それからも、サインを貰《もら》おうと思って出した本については口早にまくしたて、あげく感極まって泣きはじめるし、醜態を晒《さら》すという言葉を余すことなく体現した自分に、ひたすらにこのひとはやさしかった。

困ったような顔をしながら、絶対に否定的な言葉を使わない。ばかにした態度を取らない。すらりとした肢体に似合うイタリアンスーツ、やわらかい印象の端整な顔だちに、周囲の女性スタッフが色めきだっていることにもまるで気づかないから、心配になる。

（このひと、ちゃんと自分がかっこいいって自覚しないと、変なのに食われそう）

だが、そのそばにはいつも、あの小柄でにこにこしている青年がいて、見るからに頼り切っている灰汁島の姿を見せられて、なんだかやはり、悔しくて。

（その場所には、おれが、いたいのに）

ちくちくする胸を自覚してしまったらもうあとは、ひたすらに落ちるばかりだった。

＊　＊　＊

「まあだから、初顔合わせの時点でぶっちゃけ、好きでした」

「わあ……」

あまり外出を好まない灰汁島と、何度目かの「おうちデート」の最中、ふと思いだしたというように「そういえばイサくん、いつからぼくのこと好きになってくれたんですか」と問われて、ふうむと考えこんだ瓜生が答えたのが、前述のあれこれだった。

ひとによっては、わざわざ訊くかと言われるような質問だろう。だが、恋愛初心者でなにもわからないからと、率直に問いかけてくるのが灰汁島の素直でかわいいところだと思っているし、彼についてはなにひとつ、隠したくないのが瓜生の本音でもある。

見栄、嘘、駆け引き、そんな虚飾の世界でもある芸能界とは無縁の、素直で質朴なところが灰汁島にはあって、そんな彼に対して瓜生は、できるだけ素直でありたいのだ。

もちろん、彼の作品に匂うアイロニーや諦観、そういったものも持ちあわせている大人の男であるのは間違いない。本人は謙遜して――というより、実際にそう思っているらしいが――自分程度の知識は浅いし薄いなどと言うけれど、瓜生から見れば充分博識だし賢い。

その賢いひとが、自分との恋愛でちょっとだけばかになってくれる瞬間が、たまらなく好きなのだ。

　といってやっぱり、鈍いばかりでないひとは、いらないところに目をつけてきたりもするのだが。

「だから、早坂さんのことやたら気にしてたんだねえ」

　仕事用の資料が山盛りになり、中央にはノートパソコンが陣取っているテーブルについて、いつもみたいに手ずからコーヒーを淹れてくれた灰汁島が、しみじみと言う。瓜生は、ようやく客用に使える程度に片づいたダイニングの端、ふだんはベッドにも使っているソファで膝を抱えた。

「……そこはいらないから」

　若干気まずく目をそらすと「なんで」とたちあがった灰汁島が、こちらに来る。狭い部屋で、彼の長い脚では一歩か二歩。形のいいふくらはぎは、いまはあの着古したジャージに包まれている。

「……イサくん」

「っ、な、んですか」

　至近距離から覗きこまれる。相手のほうが背が高いのに、なぜかそういうときの灰汁島は上目遣いだ。

（くそう。おれのカレシがかわいい）

　そもそも、彼の書いたものに惚《ほ》れこんだということは、相手の内面にある精神性や思想的なものにこそ惹かれて、尊敬しているわけだ。そのひとが直にまみえれば、素直でやさしくかわいらしいところがあって、そのうえでルックスも自分の好みとくれば、ただただいれあげる以外できなくなる。

「なんで目そらすの」

「ご……ごめんなさい、まだちょっと慣れない」

推しが目のまえで上目遣い。尊すぎる。天を仰いでしまった瓜生に対し、「まだなの？」と困ったような呆れたような声で、ふふっと灰汁島は笑う。

「慣れないいんだ？」

「うっ……」

最初は瓜生のこの反応にただただ引いていたけれど、彼のほうはだいぶ慣れたらしい。どころかちょっと、おもしろがる余裕も出てきた、らしい。

いつからなど、それはもう言うまでもないだろう。男がちょっと自信を持って、性格に変質が訪れる出来事なんて、わりとひとつに集約される。

じん、とあらぬところが痺《しび》れた。ほんとに、初体験と思えないくらい灰汁島はすごかった。童貞だと聞いて飛びあがるくらい喜んで、いろいろ教えてあげたいなあ、なんて思っていたのに、終わってみれば抱き潰されたのはこちらのほう。

回を重ねるごとに負け戦ばかりが続いていて、しかも、これからまたはじまってしまいそうな気配を濃厚に漂わせている。

「……イサくん」

またそんなあまい声出して。声優業もメインとしている瓜生としてはちょっと悔しい。深く男らしい美声のたぐいではないけれど、灰汁島のやわらかくやさしい声は、こうして好意を匂わせて発せられると、とてつもなくやばい。

「こっち、見てくれないですか」

「無理ぃ……」

くすくす笑って覗きこまれて、たまらずに手近にあったクッションを摑み顔を隠した。自分でもなにをやっているのかと思う。けれど、そうして防いだやわな防御を、力ずくでもなんでもなく、そうっと手首を摑んで、そうっと軽く揺らすように動かすだけで、灰汁島は突破してしまう。

「顔、見せてくれませんか」

「ヤダ……」

「じゃあ、キスしていいかなあ?」

ゆるゆる持ちあげられたクッションから顔を離す。たぶん真っ赤になっている自覚はある。そして灰汁島が満足そうに笑うから、悔しいとカワイイとカッコイイと尊いがごっちゃになって、脳が煮える。

「先生かっこいぃぃい……」

「それはもういいから、こっち見てってば」

ちらっと見ただけで耐えられなくなり、顔を覆って呻《うめ》けば、今度は少し強引に両手首を摑まれた。目のまえに膝をついた灰汁島がそのまま覆いかぶさってきて、うわあ、と思いながらちからが抜け、押し倒されてしまう。

のしかかられて、逆光になった彼の顔もまた鋭くてかっこよく見えて、勝手に目が潤んでいく。

そんな瓜生に、灰汁島は深々と息をついた。

「なんかもう、それわざとなの?」

「な、なにがデスカ」

「……いや、うん、まあ、演技でもいいけど。どうせチョロい童貞だったし」

「それはっ……ンン!」

童貞詐欺だったくせになにを言う。反論しようとした唇は、しかし、見た目を裏切り意外に肉食な灰汁島にがっぷりと食いつかれた。待って、と手をついた胸板は、思ったよりもしっかりしている。最近また筋トレを増やしたと言っていたけれど、あきらかに最初にふれたときより、身体が大きくなっている。

「っあ、あの、せん、せんせ、筋肉またついた……?」

「うん、体重も二キロ増えた」

ちょっとだけキスから逃げて問いかければ、嬉しそうににこっと笑う。はいかわいい。ハートにどすどす矢が刺さったおかげで、起きあがりかけた身体がまたもや丁寧に寝かされ、気づけばソファベッドがしっかりベッドへと変形している。

「せ、背は伸びてないですよね?」

「たぶん。……なんで?」

「いや、だってなんか……おっきくなった気が」

言ったとたんのしかかられて、言葉の意味がピンクに濁った。「そっちじゃなくて」と呻けば、首筋に顔を埋《うず》めた灰汁島が、くくっと喉奥で笑う。

「そっちって、どっちですか」

「……もー、先生!」

「だから、先生やめてって」

くすぐったさと、あまみを増した声にぞくりときてよじった腰を、大きな手が捕まえてきた。薄い肉を揉むようにされて、声が喉でとろりと溶ける。

「ここ、弱かったっけ」

「しら、ない……」

瓜生を、世界の果てまで連れて行く文章を紡ぎだす、細いようでいて骨張って、男らしい手。この指がタイピングするときの動きが好きだと、まだ言ったことがない。

そしてその手つきと、自分をやさしくいたぶるときの手つきがひどく似ている気がすることは、口が裂けても言えないと思う。

「知らなくないでしょう、教えて」

ねえ、とねだるように、高い鼻先を頬にこすりつけてくる。

「もう、ほんとずるい……」

「なにが？」

「おれが先生のおねだりに弱いの、わかっててやってるでしょう」

「……そうなの？」

きょとんとするのが、また憎らしい。初手からそうだったけれど、おそらく灰汁島は天性のあまえ上手だ。ひとりっ子らしいから、そのせいなのだろうか。星《キラリティ》と名づけるほどだったご両親はたぶん、たっぷりの愛情を与えて育ててきたのだろう。

だから、いろんなことがあっても——下手をすればトラウマを植えつけられかねない事態に遭遇しても、本質的に荒《すさ》みきらずに済んだのではないかと、そんなふうに瓜生は推察している。

「わかってなくてそれなの……ほんと怖い」

「ええ、なんで」

「なんでじゃないですよ、まったく」

ずるいなあ、と言いながら、出会ったころより輪郭のしっかりした顔を両手で包み、今度はこちらから口づける。

こうやって彼の頬を包んだあの夜、もっと灰汁島の顔色は悪くて、疲れて傷ついていた。あの日なにがあったのかは、いまだに言おうとしない。というよりも、彼のなかで終わってしまったことのようなので、瓜生としても蒸し返しはしない。

ただ、あれだけくたびれ果ててしまったときに、自分を思いだしてくれたこと、欲してくれたことが嬉しかった。そして、実際灰汁島も、「いてくれるだけでいい」というようなことを言った。だから、それがすべてなのだ。

「……ずるいのは、イサくんのほうだと思うけど」

「んん？　おれが？　なんで」

たっぷりとお互いの唇を楽しみあって、濡《ぬ》れたそれをほどいたあと、灰汁島がすこし口を尖らせて言う。

「ぼくがなにしても、嬉しいなあって顔してこっち見るのはだめでしょう」

「え、だめですか」

「だめだよ、うぬぼれてつけあがりそうで、よくないなあって思うのに」

困った、というような顔をして、実際ため息までついて、そのくせに瓜生の身体をぎゅっと抱きしめ、離さない。

「イサくんいないとだめになりそうで、実際もう、だめかもしれない」

「……そんなこと、ないのでは？」

苦笑して、瓜生はやんわりと否定する。

「だって先生……」

「先生？」

「……セイさん、原稿中とかおれのことなんか忘れてるでしょう」

灰汁島はひとたび『仕事』に気が向かえば、瓜生どころかすべてを忘れる。その没入具合といえば、声をかけたり肩をつついた程度ではまったく反応もされず、ひどいときにはまばたきをも忘れていて、五分近く目を見開いたままだったときには思わず心配になって、強く声をかけてしまった。キーボードを叩く指が動いている以外には、すべての活動が止まっているようですこし、怖かった。

ときどき、灰汁島が生きているのは本当は、あの頭のなかにだけ存在する世界のほうで、こちらにはたまに訪れているだけなのでは、と思うことすらある。それくらい、彼の紡ぐ物語の世界は生き生きとしているし、奥深い。

その世界のなかに、瓜生はいない。それが少し寂しく、けれど——だからこそ、演じることで携われたのが嬉しくてたまらない。

その世界の端っこでいい、かすかでいいからふれていられれば。そんなふうに思う瓜生に「あー……」と灰汁島は困惑したような、そしてひどく羞《は》じらうような顔をした。

「イサくん、新作読んでも気づかなかったんだ？」

「えっ新作。どれ？　おれなにか、見落としてますか？」

思わずがばりと起きあがれば、完全に空気が壊れたことを悟った灰汁島がため息をつく。

「この間の、『花笠水母《くらげ》』シリーズで、新キャラ出たでしょ。兄妹の」

「あっうん、いいキャラでしたね、あれが？」

「……兄貴のほう、金髪の長髪で、緑の目で、ちょっと垂れ目のあまい顔で、細いけど腕がたつ……」

「めずらしくはっきり、イケメン描写ありましたね！　女子に人気なんですっけ」

にこにこと相づちを打つ瓜生は、完全にガチファンモードへ入りこんでいる。だからこそ、灰汁島がそわそわもじもじしていた気配も、そうしてだんだんうなだれていくのにも、まるで気づけずにいた。

「まじかー……早坂さんには、わっかりやすいって言われたんだけどなあ……」

「え……ごめん、おれ、なんか読み取れてなかった？」

読解力のなさを詫びれば、「そうじゃなく」と灰汁島がかぶりを振る。

「えっとさあ、イサくん、こないだ出たゲーム原作の舞台のキャラ、なんだっけ」

「え？　『ディスペルⅢ』のこと？　キャラはジュードって言って……あれ、先生見てくれたって言ってなかっ……」

そうしてようやく、灰汁島の言わんとすることに気づいた瓜生は目をまるくし、そして真っ赤になる。

「……金髪の長髪で、緑の目で、細いけどめっちゃ強い……ですね……」

「まあ、はい。あの、モデルにしたっていうよりも、早坂さんに言われるまで、わりとぼくも無意識で」

「それ……よけい、あの……」

「はい、まあ、恥ずかしいことしまして、だから言いそびれて……気づかれてたらどうしようって思ってたんだけど」

気づいてもらえてなかったのも、なんだか複雑。そんなふうに灰汁島は眉をさげて笑った。

「まあ、とにかくだから、もうね、イサくんってぼくの世界のなかに、いるわけなので。もちろん今後彼がどういうふうに動くかは、ぼくにもわからないんだけど」

「……うん」

あくまでキャラメイクのなかに、要素が含まれた。その程度のことなのは瓜生にもわかっている。灰汁島は理詰めで書く作家ではなく、完全に『降りてくる』のを待つタイプなので、このさきがどうなっていくか書いてみるまでわからないと常々言っている。

そして案外と書き手としてのプライドもあるため、「瓜生衣沙をぱくる」ような真似は絶対にしないだろうから、真逆のキャラクターになっていく可能性すらある。

それでも、本人も無自覚なくらいの意識の底に、瓜生の姿があったと言われたら、それはもう

——読者としても、恋人としても、嬉しい以外の感情が、あるわけがない。

そうして、感情のメーターが完全に振り切れてしまった瓜生は、とろりとした目を灰汁島に向け、言った。

「セイさん」

「ん？」

「エッチなことしていい？」

「えっ」

返事を待つより早く、今度はこちらがのしかかり、勝手に上達していくキスの上手な唇を、奪い取る。

「きょうは、負けないので」

背の高い彼に跨《また》がって、にっこり笑って宣言すれば、困ったように灰汁島が笑う。

長い腕に腰を摑まれ、そうっとシャツごしに身体を撫でる手つきには、早くも負けそうになってしまうけれど。

（まあ、どっちでもいいか）

ふたり揃って気持ちよくなれればそれで、お互いに満足なのだから。

くしゃくしゃの髪に指を差しいれて、瓜生は自分の持てる最高にきれいな笑顔を作り、最愛の男を落としにかかった。

ショートストーリーズ

本日はラスボスのお日柄もよく

おや、と思ったのは、ふだんアクセサリーの類いをつけていることのない、灰汁島セイ担当編集の、左手の薬指に光るものがあったからだ。

「あの、早坂さん、それ」

「あっ、へへへ」

灰汁島の問いに照れたように笑う担当、早坂未紘は、テーブルのうえになにげなく置いていた左手をそっと右手で覆うようにする。

いつものように、打ち合わせのため訪れたのは、灰汁島の自宅近くの喫茶店、『うみねこ亭』だ。きょうもほどよく空《す》いている店の奥、他の客からは目隠しされるような定位置のテーブルで、ふたりは向かいあっている。

日差しはあたたかく、窓からの光が指の隙間に隠された指輪に反射する。

「できたんですねえ、指輪」

「あははは、なんかもうめっちゃ考えてたみたいで」

「けっこう長く、制作時間取ってらしたんですっけか」

「そう。どういう形でおれたちにとっての『結婚』とするのか、決めないとって資料揃えたり調べたりで、話が出てから一年以上」

長いこと恋人同士であった早坂とそのパートナーは、早坂の胃潰瘍をきっかけに、関係を深めることを決めたらしかった。きっかけとなった理由が理由のうえ、早坂が血を吐いた原因の大きなひとつだった灰汁島としては申し訳なさも感じるけれど、素直にめでたいことだと思う。

「結局、言ってる間に制度のほうが整っちゃって、パートナーシップの申請したんだ。いろんな面において、おれと旦那が必要としている公的サービスも受けられるし」

「そっかぁ」

照れ笑いをする早坂は、ふだん『旦那呼び』などするわけではない。

ただいつぞやか、サイン会の早朝移動で彼のパートナーに車を出してもらう羽目になり、しかし疲れと眠気でろくに挨拶もできなかった灰汁島が「旦那さんにお礼を……」とうっかり口にして以来、灰汁島と早坂の間ではちょっとしたあだ名扱いで、彼のパートナーである秀島照映氏をそう呼んでいる。

「あらためまして、おめでとうございます」

「あはは、ありがとうございます。もともと一緒に暮らしてるし、そう大きく変わることはないんだけど……指輪ひとつぶんの意識はするね」

根掘り葉掘り訊いたわけでもないのだが、言葉の端々からパートナーとの縁をどう結ぶのか、いろんな方法を検討しただろうことがうかがえた。

ひとむかし以上前の同性同士のそれは、事実婚か養子縁組くらいしか手立てがなく、あとは同性婚が合法とされる海外に移住するなどという荒技を取るパターンもあったらしい。

（いろんな選択肢が、あるんだなあ）

縁を結んだ相手との関係、それに対しての権利を主張できるようになる、ひととして当然の、『相手の面倒を見たい』『そばにいることを認められたい』、そんな思いを公《おおやけ》にすると、こういう形に結実するのだろう。

灰汁島にはまだ、ぼんやりとした「すごいな」という感想しか持てない。なにしろまだ恋人ができて数ヶ月。人生初の恋で右往左往しているばかりの、ふわふわした状態だ。

そもそも異性も同性もなく、自覚的にコミュニケーション下手の陰キャだ。ようやくできた恋人が初恋の恋愛一年生である『ばぶちゃん』の灰汁島に、結婚制度やシステムというものにぴんとくるものがあろうはずもない。

ただ、目のまえの穏やかな表情をする担当編集が、熟慮のうえで決めたことであり、それによって得るものがあるのなら、よいことだと、素直にそう思う。

「にしても、きれいですね指輪。なんか木の模様みたい」

「あーこれね。日本古来の合金技術で木目金って言うんだって」

「もくめがね……」

思わず手元の、打ち合わせ用の手帳にメモする。聞き慣れない単語は基本的にこうしてメモをするのが灰汁島のくせだ。どんなことでも小説のなかに活《い》かせるかもしれないし、ことに自分の興味がない分野のものは、思いがけない気づきをくれたりする。

「興味ありますか？　もしあれなら、今度、会社見学させてもらうのもできますよ」

「えっ、いいんですか」

「たまに、本社の顧客に工房見学ツアーとか組んで、見せたりしてるから」

早坂はなつかしそうに目を細める。

「早坂さんも見たことあるんです？」

「っていうか、学生時代バイトしてたんで。お客さん案内したり、お茶淹れたり」

「あ、それで旦那さんと知りあったんですね」

なるほど、と納得していた灰汁島に「……ん、まあ、そんなものかな」と、なぜか早坂は目をそらす。なにかあるのだろうか。灰汁島は首をかしげたが、追及するのはやめた。

「……今度の話に、ドワーフの鍛冶《かじ》師たちの里がメインのエピソード考えてるので、鍛冶《たんや》についても訊けますかね」

「あ、もともと大学で鍛金やってたから、そこはばっちりかと」

さきほどの木目金もそうだが、未紘のパートナーである秀島照映の手がけるジュエリーは、通常の貴金属にくわえ、四分一《しぶいち》、赤銅などの日本古来の技術を使った合金も多く使用されているという。

「大物の板金みたいなやつなら、また違う種類の工場に取材に行くほうがいいとは思いますけど」

「そっちも考えてますけど、まずは秀島さんのお話伺いたいです」

スケジュール帳を開きながら灰汁島が言えば、早坂が少し目をしばたたかせた。

「どうしました？」

「え、いや……そうか、照映さんも秀島さんだったなと」

「え？　ほかに……って、あ、そうか。画家の」

ベテラン作家、神堂風威《ふうい》のシリーズの装画を手がける画家も、秀島慈英《じえい》と言い、未紘の担当だった。すこしめずらしい苗字なのに偶然もあるものだと考えた灰汁島は、はたと気づく。

『……えっと、まさか？」

「はい、秀島先生のいとこで。というか、うちの旦那から紹介してもらってあの仕事に結びついたというか」

「出た、早坂さんの謎人脈」

そういうつながりだったとは、と灰汁島はひたすら目をしばたたかせる。

「なんか、ほかにもとんでもない隠し球持ってそう……」

「隠し球って」

なんだそれは、と笑うけれども、この童顔でにこにこしている編集がとんでもなく豪胆で、たいした男であるのは、灰汁島が誰よりも知っている。

「……今度の話、早坂さんモデルのキャラだそうかなあ。ラスボスで」

「は？　やですよ。ラスボスってキャラじゃないでしょ」

そこでずばっと「やですよ」とか言えるところがさ……と思いつつ、灰汁島はメモのはしにこっそりと『ラスボス・H』と記述し、ぐるぐると丸を描いて何重にも囲った。

＊　＊　＊

その日の夜、多忙な恋人、瓜生衣沙と毎度のようにネット通話で四方山話《よもやまばなし》のついでに、灰汁島は昼間知ったばかりの事実を打ち明けた。

「……ってわけで、秀島さんたちはいとこ同士だった」

『へー、芸術一家だ！』

才能のあるおうちなんだなあ、と感嘆する瓜生に、灰汁島も「ほんとにね」とうなずく。

俳優であり声優でもある瓜生は、本日は地方公演の合間に東京へ戻っているけれど、さすがに灰汁島と会う時間を作るほどの余裕はないらしい。というか、いわゆる二・五次元系舞台はその公演頻度がひどく高く、日本の劇場の大半は、いまや二・五次元系コンテンツに埋められていると言われるほどだ。

ただしそのなかでも人気役者といえばやはりそう多いわけではなく、相当な上位人気であり、演技も達者と評判の瓜生は、スケジュールも密にすぎる。ひとつの公演の隙間に次の公演の稽古をやるような、すさまじいハードな状態もままあるらしい。

——先生の声聞いてるとよく眠れるから。

忙しいのなら、自分などと話してないで早く寝たほうがと言ったのだけれど、そんなかわいいことを言われては灰汁島に断る選択肢はない。

『でも早坂さんラスボス説には、おれも一票』

「イサくんもそう思うよね？」

『思う、思う。あのひとメンタル鬼つよそうだし、にっこり笑ってひと動かすの上手そう』

たしかに、と灰汁島も思う。特に文芸や漫画などエンタメ系編集業の半分くらいは、作家という平均的にメンタル弱めの社会不適合な人種とつきあい、定期的に原稿をもぎとるという偉業を成し遂げているのだ。

「動かされてる気は……するかも」

つぶやいて、瓜生と通話中でもある仕事用ＰＣの画面端、本日作成された付箋《ふせん》メモには新規の仕事一覧。書店特典ＳＳの〆切《しめきり》と『↑生えた』の文字が恨みがましく記述されている。

ちなみにビデオ通話にすると灰汁島が照れてしまうため、ネットアプリ使用の通話でもカメラは起動していない。

顔の見えない気軽さから、こっそりと灰汁島が詰めこまれた仕事一覧にため息をついていると、ふと思いだしたように瓜生が言った。

『……そういえば、このあいだの小山《こやま》さん、東京の編集さんとも知りあいって言ってたな』

「へえ、そうなんだ？　やっぱり取材がらみなのかな」

今回のロケに参加したベテラン役者にも、以前案内を申し出たというのだから、あり得ない話ではないだろう。

「え……いや、まさかぁ」

『まさかだよね、さすがに。東京の編集さんって、どれだけいるやらだし』

「アハハ、そうそう。……っと、待ってね」

会話中、スマホとPC共有で使用しているアプリへ、早坂からのメッセージが到着した。着信チャイムに反応した灰汁島に、『早坂さんから？』と瓜生が含み笑いで訊いてくる。

『会話がバレてたりして』

「そんなわけないでしょ、さすがに」

噂《うわさ》をすればなんとやらだけど、とこちらも苦笑し、メッセージを開封する。そして、灰汁島はしばし、沈黙した。

『どしたの、先生？　……セイさん？』

「いや……えっと……まさか、だよなあ……」

開いたメッセージの内容を睨んで、灰汁島は唸《うな》る。そして、「ちょっと画面共有するね」と言って、瓜生にその文面を見せる。

【昼間はお疲れさまでした。打ち合わせの途中で話に出た新作ミステリの件、警察関連の資料欲しいって仰っていたのですが、知人の警察関係者に訊いてみましょうか？】

『……えっと』

「いや、まさかね」

『いやー、まさか……まさかぁ』

なんだかよくわからないプレッシャーを感じて、灰汁島も瓜生も「ハハハ」と乾いた笑いを浮かべてしまう。

「なんか、うん、よくわかんないけど、早坂さんには逆らわないようにしようと思う」

『うん、あの、おれもそのほうがいいと、思うな』

あはは、うふふ、と笑い合い、妙な空気になったところでふと時計を見る。

「だいぶ、遅くなったし……イサくん、寝たほうがいいかも」

『そ、そうだね。先生は……頑張る？』

「頑張る……しか、ないよねえ……」

さっきのいままで、やりかけの原稿を閉じて寝る選択肢は、ない。ため息をつきつつ、通話中は最小化しておいたエディタの画面を開く。

組んだマクロによって表示されている執筆文字数は、予定のそれにまだ満たない。

「イサくんも、公演、頑張って」

『ありがと。先生もね。……じゃあ、おやすみ』

おやすみなさいと告げて、灰汁島は通話を終える。ヘッドホンごしに聞こえていたやわらかくあまい声の余韻を味わいつつ、横目でちらりと早坂からのメッセージを見た。

「……がんばりまぁす……」

今度から彼の表示名をラスボスにしようかなと思いながら、灰汁島はキーボードに指を乗せた。

配信者とか言ってもそんな簡単に収益とか出ないわけで

ごくたまにダンス動画をアップしている程度で、ユーチューバーと言われるのは大いなる間違いだ。そんなふうに考えていた時期が、大仏伊吹にもあった。

『はい、えー、それではレッスンをしていきましょう。まずは腕のストレッチから——』

スタジオ内に設置したカメラに向かって、だいぶ慣れた言葉を発する。本日は、座業のひと向けの本当に基本的なストレッチ講座だ。

『こうね、膝を曲げたまま三角座りして、うしろに転がって〜。起き上がりこぼしの要領で、ごろごろっと。無理はしちゃだめですよ』

この講座の発起人は、知人であり有名出版社の編集でもある、早坂未紘だった。当初は担当作家の筋トレメニューを作ってくれないかという相談から、編集もなんだかんだと運動不足であるため、簡単なストレッチ講座をやれないか、とどんどん話が大きくなり、気づけばオンラインで、定期的に未紘の会社で講座を行うことになった。

月に数回は直接出向いての指導も行うこととなり、ダンス教室だけではなかなかに心許《こころもと》なかった収入が、定期講座のおかげで潤った。

そして、その講座を受けに来ていた編集のひとりで、メディア関係にも明るい人物が、言いだしたのだ。

——これ、動画配信したら人気出るんじゃありません？

最初、伊吹は気が乗らなかった。ヨガやストレッチの配信者など山のようにいるし、人気ユーチューバーには本職の医療知識のある人物もわりといる。伊吹は一応インストラクターの資格も得ているので、ダンスやそれに伴うトレーニング、ストレッチの方法などを指導することは可能だけれど、さほどおもしろいことができるわけでもない。

だが、それを笑い話で終わらせなかったのが、伊吹の参加するダンスチームの仲間である本永かおりだった。

——あんた地味にネットで人気あんだから、やんなさいよ！　二・五次元俳優兼ダンサーのＩＢＵＫＩっつって売りだせばいいでしょ！

もうだいぶそっちの舞台に出てはいないのだが、それはありなのか。伊吹がためらっているうちに本永はどんどん話を進めてしまい、気づけば十分後にはＹｏｕＴｕｂｅのアカウント『ＩＢＵＫＩのストレッチ講座』などという適当なチャンネルを開設されてしまっていた。

そして、同じダンス教室の講師仲間——これもダンサーとしての友人が多かった——らでもともとダンス動画をアップするなどもしており、それなりに人気を博していたため、そちらからの紹介もあって一度目の動画配信は、アップするなり収益化可能人数の１０００人を軽く突破。

あげくに筋トレ指導をしていた小説家の灰汁島セイが、未紘に言われてSNSで【うちの先生、チャンネル開いたそうです】と紹介。今度はその灰汁島と懇意な、人気急上昇の俳優である瓜生衣沙が【わー！　IBUKIさんの講座受けなきゃ！】とインスタでも紹介してくれて、プチバズり。

といって、正直に言えば動画のみの収益のほうはたいしたことはない。月に数万かそこら入ればいいほうだ。

それよりも話題性、顔を売ることのほうが効果があり、ダンス教室への申し込みや、イベントのオファーが格段に増えている。

それはとてもありがたい。ありがたいが――。

「はいカット、お疲れ！」

「……なあ、この講座、いいかげんかおりサンがやったほうがよくない？」

「それじゃ本末転倒でしょうよ。わたしのツッコミが受けてんだから」

喋《しゃべ》りながらストレッチをするのがどうしても苦手な伊吹を見かねて、声入れは本永が行うようになった。するとそれが奇妙に受けてしまったのだ。

まじめな顔で身体を動かすイケメンに、淡々としたクールボイスの女性ナレーション。当初はおもしろみがなかったのだが、あるとき伊吹が身体を動かす方向を間違え、本永が容赦なくツッコミをいれた。それを、NGシーンのおまけ的に入れたところ、その部分のインプレッション数のみがなぜか、ハネた。

これはいける――と本気を出した本永の立案で、基本的には伊吹を中心とした配信講座ながら、時折は雑談トークをいれ、ダンスのおもしろさを語るなどしてみた。

次のイベント参加の告知程度のつもりだったが、このだらだらゆるゆるのトークがなぜか受けて、チャンネル登録者数が一万人を超えてしまっている。

「また雑談動画配信してくれってさ。今度は生でってリクエスト来てるんだよね。スパチャ贈りたいって」

「それ絶対かおりサンのファンじゃん～」

「なんでも『ＩＢＵＫＩさんをしばいてるお姉さんがかっこよくて好き』なんだってさ」

「ほらぁ～！」

「ほらぁじゃないわよ、しばかれ役のあんたがいてこそでしょうがよ」

宣伝宣伝、と気合いのはいっている本永に言っても意味はない。伊吹はぐったりとしつつ、講座用に敷いていたヨガシートの片づけにはいった。

なんだかひどく疲れたな、と思いながら帰途につけば、恋人である佐藤一朗からの着信がはいる。

「はい、もしもし……」

『うっわ、疲れた声してるね』

だいじょぶ？　と訊いてくるバリトンボイスに癒やされて、伊吹は泣き言を垂れた。

「配信動画の撮影日だった……」

『はは。本永さん、また張り切ったんだ』

もう何度かこの手の愚痴を聞いている佐藤は、苦笑いで「お疲れ様」とねぎらってくる。

『でも評判いいいんだろ、伊吹くんの講座』

「それはありがたいけど、なんかやっぱ配信動画の撮影は疲れる」

オンラインで決まった人数相手にしているときはそこまでではないのだが、不特定多数相手に見られるための動画は、奇妙な疲労感が伴う。

『あれだけ舞台とか出て見られてるのに？』

「なんだろなあ、それとは違うんだよね。直に見られてるのと違う緊張感あるし」

再生数が万を超えた場合などは、あまりよくないコメントも飛んできたりする。人数が増えたぶんだけ揚げ足を取られることも知っているから、よけい疲れるのかもしれない。

「かおりサンにチャンネル押しつけたい……」

「まあまあ。お仕事なんだから」

その声はスマホからではなく、直《じか》に聞こえた。え、と驚いて振り返れば「やあ」と笑って手を振る佐藤がそこにいる。

「え、なんで……」

「じつは仕事でこっち通るから、スタジオにいるかなあってすこし前から待機してた」

佐藤はたまにこういうことをする。基本的にフットワークが軽い男なのだ。そして空振りでも気にしない性質ゆえに、あっさりとサプライズをやってのける。

「ご飯食べて、帰ろっか？」

「……うん」

にこりと笑う、いつでも変わらない穏やかさに癒やされ、伊吹はほっと息をつく。本当にやさしい彼氏で、ありがたい。疲れた身体でそっと寄り添い、背中をぽんと叩かれて、あまえたくなった。

「で、配信日いつ？」

「……言わない」

ただ、どうにも自分を好きすぎる節がある佐藤に、チャンネルチェックをされることだけは、どうにかやめてほしかった。

いまだけ、ぜんぶ

「先生、これ差し入れ……って、ぅわなにこれ！」

久々のオフ日、遊びに行ってもいいかと訪ねた小説家である恋人、灰汁島セイの自宅玄関で、瓜生衣沙は目を瞠った。

「いらっしゃい、ごめんね散らかってて」

さほど広くはない2LDKマンションの玄関、壁沿いには、段ボールがみっちり、瓜生の腰の高さまで積みあがっている。ひとひとりがやっと通れるほどの狭さになったそこを通りすぎてみれば、リビングダイニング兼執筆場所である空間にもまた、開封した箱が散乱した状態。

「いや散らかってるのはいいんだけど……この段ボールなに？」

「WEB販売のサイン本……」

「こんなとんでもない量引き受けたんですか!?　みひさんどうしちゃったの」

ちょっとそれはひどいのでは、と顔をしかめる。瓜生の住まいと違い、灰汁島のマンションには一応エレベーターもあるけれど、大量の書籍は重い。宅配のひとも大変だったのではなかろうか。

「いやこれ、白鳳書房の本じゃないので」

「……？　近刊はあそこしか出てないですよね」

自他共に認める灰汁島ガチ勢の瓜生が、よもや見逃すわけもない。首をかしげれば、「既刊の販促活動です」と灰汁島が苦笑した。

「でね、その、ぼくふだんがラノベでしょう、文庫の」

「え、はい」

昨今のライトノベル系はソフトカバーでの刊行も多いが、灰汁島のメインは白鳳の老舗《しにせ》ラノベレーベルだ。近年は不況で値上がりしているが、いわゆるワンコインベースの文庫本。

「これ……前に出した文芸のハードカバーなんです。アニメ化の後押しがあるうちに、って話があって、ぼくも売り伸ばしたい気持ちはあったので、このくらいの数なら、って」

「あっ……なるほど理解」

ふだん文庫で引き受けている冊数を基準で引き受けてしまったらしい。が、そもそもラノベでの書き下ろしも大長編になりがちな灰汁島は、文庫ですら背幅が二センチ近いことでも有名だったのだが。

「あの本、ハードカバーですもんねえ」

「そんなにいいんですか、ってあっちの担当さんに言われたとき、気づけばよかった」

四六判なので厳密には違うが、およそ大きさも厚みも二倍近い。灰汁島の感覚でせいぜい、段ボール四、五箱だろうという目算は、当然はずれた。

「本当はイサくん来るまでに終わるつもりだったんだけど、分厚いからめくりも遅くて」

どうにか頑張って終わらせたらしいものと、書きかけのものが机に積みあがっている。最近はちょくちょく瓜生が訪ねてくるため、比較的片づけている、という灰汁島の城は、いまや圧迫感のある著書でみちみちだ。

「だからごめんね、ちょっと片づけるんで――」

「おれ、手伝っていいんですか？」

食い気味に言った瓜生の目が、きらきらしていることに気づいたのだろう。灰汁島は驚いた顔になった。

「え、うん、でも、まだ終わってないから」

「だから手伝います。おれあの、編集さんとかが横で開いて渡すのやるから、先生は書いて」

灰汁島は、出しっぱなしの本をしまう手伝いをすると思っていたのだろう。「えっ」と目を瞠っているが、瓜生としてはこんなチャンスはなかなかない。

「おれサイン会ってあたったことないから！　生サインの現場見られる！」

「あ……そう……うん……そうだよね……」

拳を握って興奮気味に言うと、灰汁島は瓜生といるときによくやる、眉をさげ、戸惑ったような顔をこちらに見せた。そして、すこしだけ困ったように「じゃあ」と積みあがった本を指さす。

「ここで、アシスタントお願いできるかなあ」

「〜〜〜〜……！」

ぶんぶんとかぶりを振った瓜生に、灰汁島は苦笑したあと「よろしくね」と首をかしげた。

（きょうもおれの先生がかわいくて尊い）

思わず拝みポーズになっていると「じゃあ手洗って手袋つけてね」と案外さっくり指示される。だいぶ慣れられてしまったなと思いつつ、瓜生の熱狂ぶりをなんとなく受けいれてくれる灰汁島のことが好きだ。

「これサインする本、こっちは高さ調整に置く本。で、めくって押さえておいてください」

「は、はい」

作業用に白手袋をして、言われたとおりに本をセットし、めくる。サインの場所は本の装幀《そうてい》にもよるが、表紙側の遊び紙の裏。今回はハードカバーのため、そこが一番サインをいれる余白があった。

「こんなにいっぱいサインするんだ。ていうかこの企画、おれ知りませんでした」

「大型チェーン書店さんの持ち込み企画で、全国に撒《ま》くのとWEB通販するのとで、企画の発表まえだからね。新刊でもないし、サイン本は基本的に汚損扱いになって返本不可だから、出版社とか著者的にはありがたいけど、書店さんの負担になることもあって……」

灰汁島はそう饒舌《じょうぜつ》なほうではないが、なにかに集中しながら自分の得意分野の話をすると、蕩《とう》蕩《とう》としゃべってくれる。本人に自覚はないが、声もあまくやわらかい低さなので、瓜生はずっと聞いていたいとうっとりする。

（はあ、ほんと、顔がいい）

ふだんの仕事柄美形は見慣れているけれども、それは徹底的に「見られることを意識した」うつくしさだ。瓜生もおなじくで、どう見せれば相手によく見られるか、役者はまず計算するし、それが仕事でもある。

灰汁島は、違う。完全に天然だし、むしろ集中しきると他人の目など意識の端にすらなくなる。本人は「ダサいしだらしなくて、スタイリストさんに造ってもらわなきゃひとまえに出られない」と恐縮するが、もとの顔だちがものすごく整っているのは、一部の人間しか気づいていない。部屋着も寝巻きも兼ねているジャージはくたくたで、くしゃくしゃの髪は伸びっぱなし。また洗いざらしなのだろう。ふだんなら瓜生に会う日は最低限気をつけてくれているけれど、作業が終わらなくてそこまで気が回っていないようだ。

それでも、最近頑張っているという筋トレのおかげか長身の身体は出会ったときより引き締まって厚みも増し、顔も精悍《せいかん》さが増した。真剣な目でさらさらとサインを書きつけていく、すこしうつむいた斜めの角度。ここが灰汁島のベストショットだな、と瓜生はひそかに思っている。

ずっとファンだった、大好きな作家の「素の顔」をはじめて見たのは、彼が疲れてツイッターも投げ捨てて、吹きさらしのカフェのまえ、ぼうっとしていたときだ。壊れそうで、脆《もろ》くて、抱きしめてあげたくなって、――なにもできなかった。

いまは、違う。

「……ん？　どうしたの」

サインの邪魔をしないように、一冊書き終えたタイミングで手袋を外し、くちゃくちゃの頭を撫でる。すこし驚いて、でもいやがりもせず、照れたように笑って顔をあげた灰汁島が、じっと瓜生を見る。

「はあ……ほんと好き……」

ほとんど「しゅき」という発音になったそれの唐突さに、灰汁島は目をまるくして笑った。

「アハハ。もう、またガチモードかな、イサくん」

手首を摑んで返され、ぺたんと掌《てのひら》を頰に押しつけられる。灰汁島は警戒心が強いしパーソナルスペースも広いけれど、許した相手には意外とスキンシップOKなのを最近知った。

本名はかなり変わっていて、さすがに読みの改名届を出したそうではあるけれど、おそらくご両親に大事にされてきたのだろうことはわかる。ひとりっ子だが親族のつきあいも多く、年上のいとこや親戚に、末っ子扱いでかわいがられてきたらしい。

だからだろう、瓜生の求愛行動に、びっくりはしても案外するっと受けいれてくれるのは。

愛され慣れているひとなのだなと、関係が深まるたびに思う。そしてちょっと、焦る。

「……ん？」

不意打ちでキスをすれば、きょとんとした目を向けてくる。このかわいいひとの魅力にいつか、もっとほかの誰かが気づいてしまうかもしれない。日に日に男として成熟していく彼の、おめかしした姿を見て萌《も》えまくっていた女性編集者たちの姿は、目に焼きついている。

そして、誰より一番、灰汁島を支えてくれる、あのひと――。

「イサくん、どしたの」

勝手に不安になってしがみついた瓜生を、灰汁島は叱らないし咎めない。大事な作業を止めさせて、ファン失格だと思うけれど、なんとなくあまえたくなった理由に、瓜生はやっと気づいた。

「……なんか、こっち見てほしくなりました」

つきあうようになって、ふたりきりでいる時間に、まったく灰汁島がこちらを見ないというのは久々だった。そして口走ったあと、ナニ言ってんのおれ、と青ざめる。

灰汁島セイのサインを見ているだけで幸福なはずなのに、それよりこっち見て、とか。

「あっ、ちが……！　いや邪魔してごめんなさい、あの――」

図々しいにもほどがある、と焦って身を離そうとした瓜生は、そのままぐいと腰を抱かれてよろめいた。声をあげる暇もなく長い腕に巻きつかれ、首のうしろを押さえられて、気づいたら舌を吸われている。

「えぅ、んっ……せん、せんせ？」

「仕事、終わらせられてなくて、ごめんなさい」

「えっいや、おれが遠慮するべきで」

「しなくていいです。イサくん、イサくんこっち来て」

乗って、と言われて長い脚をおずおずまたぐ。密着度の増した体勢と、そしてふたりぶんの体重を支えた椅子の軋《きし》む音にどきっとする。

なにより、さっきまで「かわいいなぁ」と眺めていた恋人の、とてつもなく獰猛《どうもう》な目つきに、心臓が飛び出て吐きそうだ。

はじめてを瓜生で知った灰汁島の、ストレートな求め方は嫌いじゃない。どころか、経験値の差を賢い頭と順応性と応用力で以《もっ》て補われ、むしろどんどんどんどんこちらのほうが押されてきている。

「サイン終わってから、て思ったんだけど」

「ちょ……や、ど、どこさわって」

「ほんとに、なんでそんなきれいでかわいいの……」

「ま、まってまって、え、だめ」

キスしながら、尻を両手で摑まれる。灰汁島は長身だけあって本当に手も大きい。瓜生の小尻などすっぽり包まれてしまって——こればかりは狙って穿《は》いてきた、やわらかい素材のスキニーパンツがあっさり、彼の手の形にひずまされてしまう。

「……おれのイサくん」

うっとり、そんなこと言われてどうやって勝てると言うのだろうか。最近また広くなった気がする肩に手を置いて、くしゃくしゃの髪を両手で撫でつけながらキスする以外、瓜生にできることなんかあるわけがない。

「ふむっ……!?」

濃厚なキスを受けたまま、抱っこの状態で持ちあげられた。待てないとき、灰汁島は案外せっかちで、強引だ。

「もう、またこれ!?」

「だってイサくん腰抜かしてるでしょう」

腹がたつことに、抱っこで移動は回を重ねるごとに危なっかしさも消えている。瓜生は瓜生で抱きつくバランスを覚えてしまったから、よけいに問題がなくなった。

まあそもそも、灰汁島の好きそうなやわらか素材、そして着脱が簡単なロングカットソーに脚の形がまるわかりのスキニーという服で来た段階で、瓜生の意思など言わずもがなだ。

「きょう、何時までいてくれるの」

ベッドに押し倒されながら問われて、どうしようかなと考える。正直に言ってもいいけれど、サイン本はまだ半分も終わっていない。ちらっと隣の部屋に目をやった瓜生を咎めるように、灰汁島が唇にかみついてきた。そうして服をたくし上げられ、腹から胸を撫でられてきゅんとした瓜生は、全面降伏する。

「んふっ……あ、んん、お泊まり、できるっ……」

「……いっぱいしていい？」

ごくんと喉を鳴らした灰汁島の目つきに、腰のうしろがぞくぞくする。最初から相性のよかった彼とのセックスは、回を追うごとにさらに深い快楽を与えてくれるようになっている。じん、と疼《うず》いた身体の奥に、瓜生は目をとろかせて、覆いかぶさってくる男に抱きついた。

「なに、しても、いいですよ」

「……っイサくんはもう、ほんとに！」

怒ったような声をあげて本格的にのしかかってきた灰汁島の、サイン本については、とりあえず落ちついたら手伝おう。もちろん指紋なんかつけないし、丁寧に丁寧に、ファンのために作業をしよう。作品世界は皆で共有すべきだし、もっといろんなひとに灰汁島の本は読まれてほしいと切に願っている。

と、同時に。腕のなかにいる男のぬくもりをすこしでも逃すまいと、瓜生は自分のすべてで彼を搦《から》め捕《と》る。

（いまだけ、ぜんぶ、おれの）

かわいいひと、と声に出さずにつぶやいて、薄く熱いくちびるを、奪い取った。

あなたへの距離

「ラインを入れることにしました」

ビデオ通話画面の向こうにいる恋人の言葉に、臣《おみ》は驚いた。あれだけ電子機器に忌避感すらあった慈英が、重々しく、いっそ沈痛なまでの面持ちで言った内容が、表情と裏腹にわりとどうでもいいことだったからだ。

「臣さん。どうでもいいなって思ったでしょう」

「え、いや……」

目をうろつかせた臣は、ややあって「まあ、ウン」と煮え切らない返事をする。慈英はため息をついた。

「本当に、本当に嫌いなんですよケータイというものが」

「出会ったころは、ケータイ持つのすらいやがってたもんなあ」

思えばそのせいで遠距離恋愛への悲愴感が募っていたのではなかろうか。おのがペシミストぶりを棚にあげ、臣は思う。本当に、たかが新幹線で数時間の距離で、なにをあんなに嘆いたのだろう。いまや、恋しい男はほぼ地球の裏側だ。

「でもあれだろ？　個展の情報とか発信するんだろ？　ＳＮＳ必須のご時世だもんな」

「インスタのほうはまだマシだったんですけど」

わあオシャレツールだぁ。臣はむしろそちらのほうに遠い目になった。

「写真発表の場だと割り切れたので」

「あ、なるほどね」

ちなみに臣が同僚や友人、堺《さかい》や和恵《かずえ》らとの連絡に主に使っているのは、スマホのデフォルトアプリとラインだ。和恵がスタンプを使いたいと言うので導入した。

慈英とは、主にこのビデオ通話、通常は電子メールだ。お互い忙しく、即返信などはむずかしいため、結局それが落ちつくという結論になっている。

「ていうかインスタいつ開設したんだよ。教えろよ」

「先週です。ちょっとばたばたして連絡しそびれました。あとでＱＲ送るので」

「了解。……ラインのほうも教えてな」

「わかりました」

「そのいやそうな顔やめろ」

「いやなんですよ……」

恋人の端整な顔を歪《ゆが》める、すさまじいほどの眉間の皺に、アインさんはすごいなあ、と臣は思う。自分だったら慈英にこんな顔をされたら秒で提案など撤回する。

「帰国したときシワ増えてたらやだぞ」

「気をつけます」

ため息をついて眉間をぐりぐりと長い指で揉む男に、臣は苦笑する。

「……もうちょっとだな」

「そうですね。まあ、これも、あれも、そのためですので」

あとすこし、待っていてくださいね。

やさしい声にじんわり目元を濡らし、臣は静かにうなずいた。

はじめてとはじめまして

【先生は、ラインやってないんですか？】

ぴょこんと現れたフキダシに、灰汁島はなんともつかない顔になった。

先日、雑誌の対談企画から知りあった瓜生と連絡先を交換し、デフォルトのメッセージアプリでやりとりするのもこれで何回目だろうか。

（一般人というか芸能人って、こんなにマメなんだなあ……）

ほぼ毎日、概《おおむ》ね朝昼晩、仕事の合間を縫っては連絡をくれる彼と交わしたメッセージの数、そして頻度は、ここ数年ぶっちぎりで連絡を取っている担当編集、早坂にも匹敵する——というより凌駕《りょうが》している。

正直、ラノベ作家仲間や、一時期ハマっていたネトゲのパーティー連中なら、同じくらいのテキスト量をチャット状態で交わしたことがないわけではない。けれどそれはあくまで、仕事の情報交換やレイド戦の戦術連絡など、必要と目的があって交わした言葉たちだ。

こんなふうにとりとめもない、『雑談』——それも、日々のちょっとした出来事や彩りを、まったくマイナスワードを使わずここまで投げられるなんて、ハツタイケンだ。

そもそも陽キャのトップたる人種とつながったことが、皆無だったものだから、少し気後れして、でもだいぶ新鮮だ。

(言語が、ほんとに違うなあ)

しゃべればオタク構文丸出しの一面もあるくせに、テキストを綴ると本当に『ふつう』な瓜生は興味深い。自分が文章を書くプロだからというのもあるだろうが、なんとなく、ひとの本音は語り口調よりも文章に表れると思っていて、だとすればこちらが瓜生の『素』なのだろうか。

(丁寧で、気遣いが濃《こま》やかで、やさしくて、あと――)

なんとなくちょっと、かわいい。

(いやうん、かわいい……かわいいひとなんだな)

イケメン・リア充はことごとく爆発飛散すべし――とか思っているタイプの陰キャではないにせよ、やっぱりちょっとした苦手意識はあった。けれど、いつだってにこやか朗らかに『ファンです!』と言ってくる瓜生の印象を悪くできようわけもなく。

だから、本当はラインなんか滅びればいいと思っているくらいに苦手です、とか、そんな本音を言えるわけもなく。

【基本がPC使いなので、アプリ系弱いんです。スマホにしたのも最近で、操作感よくわかってなくて】

なので遠回しに、無理なんですよ〜、と伝えたつもりだった。しかし。

【おれもスマホよくわかってないです！　けど勢いでどうにかなってます！】

えへへと笑った顔の絵文字までついてやってこられてはどうしようもない。勢い。勢いかあ。

【うまくやれる気がしないんですけど……教えてもらえますか】

【！　はい!!　もちろんです！】

瓜生の嬉しそうな気配を無下にするのも、この熱量をまえにしたらむずかしい。むずかしいんだよ、ほんとに。灰汁島は誰にともつかず心のうちで言い訳をして、そのままアプリのダウンロード、そして設定方法までをも、瓜生にレクチャーされることになる。

もたくさとフリック入力をする灰汁島が、後日キーボードタイプに入力を切り替え、さらに外部キーボードをブルートゥースでつなげることになるなどとは、夢にも思わないまま。

【登録できました。これでいいですかね？】

【はい、なにとぞよろしくお願いします！　お時間使わせてすみませんでした。先生、お仕事これからですよね？】

そうして、『ふぁいと』とポンポンを持って応援している謎のゆるキャラスタンプが、瓜生の送ってきた初スタンプで。

「……えー、やっぱりなんか、かわいい？」

おのが情動が変なふうに弾むことを、まだ理解しきれないまま、灰汁島はちいさく笑ったのだった。

本命チョコというものをもらってしまったわけだが

日本におけるバレンタインデーというものが、お菓子業界の戦略に基づくものであることはだいぶ知られた話である。

近年はさらなる売上げ増加のためか、義理チョコだけじゃなく友チョコ逆チョコなるものも一般化され、果ては自分チョコという、それただの買い物じゃないの的な、もはやなにがなんだかという状態だ。

そしてそのなかで言うならば、灰汁島セイは自分チョコしか経験がない。いや、厳密に言えば、作家デビューしたのちに一部の女性ファンの方から、キャラクターあてとか、『先生に』とかで、いただいたことはあった。

だがその手のものは、あくまで差しいれ的な意味が大きい。イベントあるしこの機会に、という感じで、ファンとしての愛はいただいたけれど、男として愛を贈られたことはなかった。

そんな灰汁島のまえにいま、とてもオシャレな化粧箱にはいった、ちいさいからこそ高級感の漂うチョコレートが、差しだされている。

「本命です。お納めください」

そう言って、つやつやの頭をぺこんと下げているのは先日恋人になったばかりの瓜生衣沙。声優と二・五次元俳優を主な活躍の場とする、おそらく事務所に送られてくるチョコレートは、百やそこらできかない数であろう、いまをときめく美形俳優。

そんな瓜生は、灰汁島の住まう狭い2LDKマンションのなかで、ひどく緊張した様子だった。

「あのこれちょっと前にテレビのコラボ取材で、パティシエさん体験みたいなのやらせてもらった――アッ今度おれパティシエ役深夜ドラマでやるんでそれで――そのお店のなんだけどすっごいおいしかったんですよ。そんで絶対先生も好きそうな味だしなって思って、今回選んできたんですけど」

「……はい」

「最近できたブランドでまだ百貨店展開とかはしてないけど、これから絶対売れるお店だと思いますしいますごい推しててて。えっとでもこれ、おれチョイスで一部ちょっと味が変わってるかもしれなくて」

久々にオタク早口が出ている。すごく緊張しているのがわかる。そして言葉の断片をつないで、灰汁島は小首をかしげ、問いかけた。

「……で、どれがイサくん作ったの？」

「ウワァアアアアアアアアアアア！」

真っ赤になって「なんでばれた！」と天を仰ぐ恋人に「いや、だって」と灰汁島は苦笑する。

「既製品くれるだけなのに緊張しすぎだし言い訳しすぎだし」

「語るに落ちた……ていうか先生おれの心読みすぎ……」

「イサくんわかりやすすぎ。ていうかまた先生になってる」

「うぐ……セイさん、最近意地悪くないですか……」

涙目でじっとり睨まれても、ちょっとぞくぞくしてしまうだけなのでやめてほしい。きょうはチョコを受けとったらまったりおうちデートの予定なのだ。こんな昼間からサカってあきれられたくない。

「で、どれですか？」

箱をあけ、中身を見ても、どれもこれも凝った造形のチョコレートばかりで、正直見分けがつかない。瓜生が細い指でおずおずと「これ……」と指さしたのは、定番のトリュフ。ごつごつまるいそれにカカオパウダーがかかっていて、ふつうにおいしそうだった。

「いただきます」

「あっ」

ぽいと口に放りこみ、苦みのきいたココアパウダーと、かすかな洋酒の香り。体温ですぐに溶けるトリュフチョコレート。舌で潰せばごくなめらかなナッツプラリネ。上品なあまさと風味に舌が喜ぶ。「んん」と灰汁島はうなずいた。

「すごくおいしい」

「ほ、ほんとですか。って、いや、おれ実際は丸めただけだしベース作ったの本職さんだからおいしいのあたりまえだけども」

「でも、これ選んだのイサくんでしょう。めちゃくちゃぼく好みの味でした。なんでわかったの？」

ひとくちにチョコレートといっても、味は千差万別。ミルク系のスイートからハードなビター、いま食べたこれのように他のテイストでアレンジするもあり。

「……だってセイさん、ナッツ系の風味は好きだけど、ナッツ自体が混じってるのは食感が好きじゃないでしょう」

「うん、溶けるチョコに抵抗してくる感じがあんまり……でもそれ言ったっけ？」

わりとささやかなこだわりなので、具体的に口にしたことはない。苦手というわけでもないから、ナッツの粒入りチョコも貰えば食べる。

「いままで何度か食事したのと、ツイッターでこれおいしかったの報告つぶさに見てたので、そこから推察しました」

ドヤッと胸を張ってみせる瓜生は、とてつもなくかわいい。相変わらず鈍い灰汁島は瓜生のことがよくわからないままなのに、こんなにいっぱい、理解しようとしてくれる。

「だからたぶんね、次ももっとおいしいの……って、え、せ、先生？」

「イサくん」

たちあがり、テーブル越し、ずいっと身を乗りだす。ちょっとびっくりした顔になる瓜生にますますときめきつつ、ふっくらとした唇を親指で撫でた。

ああ本当に、最近家に呼ぶとこればかりだ。きょうこそは大人しく、一緒にゲームでもするか、配信された映画でも見るか、そんなことを考えていたというのに。

「……食べていい？」

じっと見つめたさきの瓜生が一瞬、チョコレートみたいにとろけた顔をして、灰汁島の指を吸ってくる。

いいよの合図に、待てのきかない自分を呆れる余裕など、溶けてなくなる。

もぐりこませた舌が感じた瓜生の味は、好物のプラリネよりずっとあまく濃厚で、なめらかだった。

彩

月

恋人と密接な時間をすごすことと、同棲することとは、根本的に違うものがあるのだと小山臣は思っていた。

同僚の警察官たちは一様に多忙のためか、生活上のパートナーの顔を見ることも希《まれ》になり、どちらかといえば忙しさにまぎれて取りこぼされていく、日々のあれこれのフォローを細君に求めることが多い。

——もう、嫁さんの顔も半分忘れそうだなあ。

冗談混じりで言うものは多く、またその状況を受け入れなくては、刑事の妻などはつとまらないものなのだろうということを、彼らの姿で臣自身、学ばされていた。

一緒に暮らそうと言われて数年悩んだのは、だからだ。おそらくいまの恋人は、最初で最後の、本気も本気の大本命だという確信が臣にはあった。

時間が不規則で多忙な仕事ゆえに、会うのはままならないこともある。たしかに同棲すれば、少なくとも顔をあわせる時間は増えるだろう。だが、生活空間を同じくして、あの同僚たちのように、ただそこにいるだけの同居人、というような、枯れた関係になりたくなかった。

それでもつきあって数年が経ち、誠実に接してくれる相手を信じると決めた。いつか、この恋の高揚が薄れた日にも、やさしい関係でいられるのだという信頼を持って、臣にとっては高いハードルを越えたのだ。

そして、出会いから数えて四年。臣の最愛である、秀島慈英という男は、クッションを抱える臣の足の爪へと丁寧にやすりをかけていた。

「……あのさあ、だから、自分で切るから」

「そう言って不精してほったらかして、爪引っかけて血を出したのは誰ですか」

日当たりのいいアトリエ、臣の定位置であるソファの端に腰かけた慈英は、膝のうえにハーフパンツから伸びた臣の足を載せたまま、むっつりと顔をしかめた。

「臣さんは安全爪切りで適当にばちばちやるから、すぐ巻き爪になるんです。ちゃんと手入れしないと、いざってときに足が痛くて犯人追いかけられないでしょう」

「や、けっこうなんとかなるんだけど……」

「……痛いのに走ったんですか」

じろっと見られて、臣は首をすくめた。いつも穏和な顔ばかりするこの男が、眉間に皺を寄せるのは、大抵自分絡みのことだと臣も知っている。

「そういえばこの間、あなた暑がりのくせに、靴下脱ごうとしませんでしたね。ここも、なんだかかさぶたになってるし」

するりと撫でられたのは、アキレス腱《けん》のあたりだ。新しく買った靴があわなくて靴擦れを起こしたのだが、絆創膏《ばんそうこう》を貼れば平気だとほったらかしていた。

「や、だってすぐ治ったし。そんなかすり傷で」

「……臣さん？」

「睨むなよ……」

怪我《けが》とも言えないのに、そんなに怒ることはないと思う。だが、慈英がこうも過保護なのには理由もあるのだ。

「言っておきますが、おれはこの間の件はまだ怒ってますからね」

「だって、べつに、脱臼とか慣れっこで……」

「お・み・さ・ん？」

今度はにっこり微笑まれた。怒っているよりなお怖いそれに、臣は小さく「ゴメンナサイ」とつぶやく。

そもそも慈英が臣の爪の手入れに異様に神経質になったのは、数ヶ月前のことだ。暴行事件の容疑者を追いかけ、大捕物になったとき、乱闘になって揉みあう最中、臣の伸びすぎた爪が相手のセーターに引っかかった。それに気づかないまま背負い投げをしたら、引っかかった爪のせいで臣はバランスを崩し、自分も転んでしまい。

「あげくに肩をはずすなんて……」

「なんだよ、そんな呆れたみたいにため息つくなよ！」

「みたい、じゃなくて呆れてるんです。なんでそう粗忽《そこつ》なんですか。はい、そっちの足も出してください」

ずけっと言われてしまうと反論の言葉もない。肩を落としつつ、臣は言われたとおりにするしかない。

大きな掌に、臣の足が載せられる。軽く膝を曲げたこの体勢は、なんだかエロティックだなとぼんやり思う。そもそも、恋人に爪の手入れをされるなんて、慈英と出会う前には想像したこともなかったのだ。

「そのやすり、わざわざ買ったのか？」

「いえ、持ってました」

「へえ、慈英って、爪の手入れとかすんの？」

少し意外だと臣は目を瞠る。慈英は顔だちはおそろしく端整だし、不精に見えてけっこうきれいに揃えている鬚《ひげ》もこだわりゆえと知ってはいるが、あまり女性的な部分で身なりに気を遣うタイプだとは思えなかった。

「ああ、もしかして絵描くときに、爪伸びすぎてると邪魔とか？　細かい作業とか、やりにくくなる？」

臣としては自分なりに納得できる理由だと思った。だが、その無邪気な問いに、慈英はなぜか笑う。

「絵は関係ないですよ。まったく、誰のためだと思ってるんですか」

「は？」

「だから、痛いでしょう。おれの爪が伸びてたら」

しばし意味がわからず、臣は呆《ほう》けた。そうしてようやく意味するところに気づくと、ぼっと赤くなる。

「な、あ、そ……っ」

「そう、あそこに入れるとき」

「ちが、そんなことっ、言ってないっ！」

叫んだ瞬間、じくりと身体の奥が疼いた。昨晩それこそ、きれいに手入れした指先で、やさしくやさしく開かれ、泣くまでじっくりいじられた粘膜は、まだじんじんとあまく爛《ただ》れている。赤くなった臣にやさしい笑みを向け、慈英は掌に載せた裸の足の甲に、唇を押しつけた。

「仕事ならしかたないですけど。おれがとても気をつけて大事にしている身体なんだから、あんまり無造作に傷を作らないでください」

「じ、慈英……」

「わかった？」

うん、とうなずくと、そのまま膝にもキスを落とされた。敏感な場所へのやさしい口づけに、ふにゃっと臣の背骨がとろける。ずるずるとクッションを抱えたまま体勢を崩すと、すぐに長い腕に掬《すく》いあげられた。

「もーおまえやだ。あますぎる」

「いまさらです。何年つきあってるんですか」

「なあ、倦怠期《けんたいき》とかって感じないのか、慈英」

「臣さん相手にですか？　あり得ませんね。それとも、あなたはおれに飽きました？」

にっこり笑って額をくっつけてくる、この男の自信はどうだろう。憎らしいと思いながらも、はじめて交わしてから一度も温度を下げないキスを交わして、臣はうっとり息をつく。

帰れなくて顔も忘れそうだとか、ただの同居人だとか、そんなふうになったらどうしようという危惧は、まったく杞憂であったらしい。

この恋の熱は、当面冷める気配もないようだと、臣は小さく笑った。

そらを見つめるように

　からりと晴れた北信の空は、見あげていると吸いこまれてしまいそうに高い。入道雲が山間《やまあい》に大きくそびえている。警邏中《けいらちゅう》の小山臣は足を止め、見事な光景に顔をほころばせる。

「絵に描いたみたいだなあ」

「そうですね」

　臣の隣には、散歩中の秀島慈英がいる。同じ光景を見て目を細める彼を横目に眺め、自転車を押しながら臣は歩きだした。

「いまさあ、なんの気なしに言ったけど、この慣用句って変だよな」

　臣の言葉に「変？」と慈英は首をかしげる。

「だってそもそも、こういうきれいな光景を見て絵に描くわけだろ？　で、その絵『みたい』って、モデルになるような光景のことを言うだろ。なんかそれ、主客がひっくり返ってるなって」

「ああ、言われてみればたしかに」

　たわいもない話をしながら、たらたらと田舎道《いなかみち》を歩く。それがひどく嬉しくて、臣の頬はゆるみっぱなしだ。

「でも、その光景をうつくしいと思う人間の主観がまずあって、絵画はそれを表現するものでしょう。現実に目のまえにある光景よりも、わかりやすい面もあるんじゃないですか」

「あー、要するに『これきれいだぞ』って主張が、はっきりするってこと？」

「そういうことです。描いて、それを見ることで価値の再認識をする、みたいな」

うなずく臣を慈英がじっと見つめている。「なに」と首をかしげると、彼は笑った。

「いま言った話は、要するにおれが臣さんのことを描く理由なんですが」

「……へあ」

思わぬ方向から自分に話が飛んできて、臣は珍妙な声を発してしまった。そして前後の会話をつなぎあわせ、なんとなく赤くなる。

「おれの主観と主張ですよ、あれも」

「いや、ほんとおまえ、それに関してだけはおかしいと思う」

欲目がひどいと臣はかぶりを振って、火照《ほて》った頬を掌であおいだ。

慈英が一時的な記憶障害状態から復活し、約一ヶ月が経った。

自分の存在を忘れられていたのは、およそ二ヶ月半の間だった。出会ってから七年、いろんなことがあったけれども、おそらくもっとも慈英に冷たくされた期間だったと思う。

記憶喪失の理由については、慈英の自己分析によると、失血状態で意識がもうろうとしていたときに、妙な自己暗示をかけてしまったのだろうという話だった。そして暗示にかかっている間に起こした行動は、それから覚めたときにもおおむね覚えているものらしい。

すくなくとも慈英はそうだった。そして、二ヶ月半の間、つれなくあたったことに罪悪感でもあるのか、あの時期のロスを取り返すような勢いで、臣にとことんあまい。

「おかしくもありませんし、おれが臣さんをきれいだと思うのは、おれの主観ですし。それは誰も否定できないでしょう」

「まー、そりゃそうなんだけど……」

「ついでに言えば、おれの主観と世間の認識も、そうずれてはいないと思います」

きっぱりと自信満々で断言されて、臣はなんと言えばいいのかわからない。

自分の顔がそこそこ整っているという自覚はある。それこそ生活に困った十代のころは、この顔のおかげで——せいで、とも言えるが、とにかく金を出してくれる男までいたのだ。

それでも臣も、もう三十四歳。世間的にはかなりいい歳《とし》のおっさんと言われてもおかしくない年齢だ。歳の割には若い顔をしていると自分でも思うけれど、それもあと数年の話だろう。

「慈英さ、おれの顔好きだよな」

「好きですね」

即答され、臣は眉をさげて笑ってしまう。

「でもさ、おれもそのうち老けて、顔も変わるじゃん。そうしたらおまえ、どうすんの」

「どう？　って、なにがですか」

慈英はきょとんとした顔をした。この間じゅう、精神年齢が二十代頭に戻っていた余波なのか、最近の慈英はこういう少年っぽい表情が増えたように思う。

「いや、だからさ。おまえが言うところのきれいなおれが、きれいじゃなくなったら、どうすんのって」

慈英はますます目をまるくした。

「きれいじゃなくなるって、誰がですか」

「……おまえ、ひとの話聞いてる？」

「聞いてます。でもそんなあり得ないことを想像しろと言われても無理です」

臣はあぜんとした。なにをどうしたところで、人間はきょうより若くなることはないと言うではないか。

「あのな、人間歳とれば、皺もできるし染みとかできるぞ」

「まあそれは自然の摂理ですね」

素直にうなずく慈英との会話がかみあわなくて、どうしていいのかわからない。

「だからさ、おれもぼちぼち三十代も折り返しになってくるしさ、近いうちにはそうなるぞって言ってんだけど……」

なんでわからないかと問えば、慈英はついに顔をしかめ「うーん」となった。

「想像してみましたが、おれのなかの価値基準にぶれがないんですけど」

「んあ？」

「だから臣さんに染みと皺ができたところで、やっぱりきれいだとしか思えませんけど」

「いやそれ、脳内補整かかってると思うぞ」

臣はうろんな目になるが、慈英は「なんなら試しに描いてみますか？」と恐ろしいことを言いだした。

「やめろよ！　自分が老けたときの顔とかわざわざ見たくねえし！」

「……かわいいと思うんですけどねえ」

本気で言っているらしい慈英に、臣は陽気のせいではなく、頭がくらくらしてきた。

「ところで臣さん」

「ん？」

「いつになったら、スケッチブックを返していただけるんでしょうか」

真顔の慈英は、唐突に爆弾を落とした。臣はぎくっとして、思いきり目をそらす。

「入籍したらと言ってましたよね。いつにします？　市内に戻るとき、きりがいいから、引っ越しついでに手続きしますか？」

なんだか妙にきらきらした目で迫ってくる慈英に、臣はたじたじとなる。

「で、いつですか、臣さん」

こうも迫ってこられると、つい及び腰になる。籍を入れることに腰が引けているというより、堂々とあのスケッチブックを許可する羽目になることが恐ろしいのだ。

(なんであんなこと言っちゃったんだ、おれ)

後悔はさきにたたないし、きょうより若くなることもない。巻き戻しのきかない時間のなかで、ときどき失敗もするけれど——二ヶ月半つれなくされたぶんだけ、ちょっとばかり焦《じ》らしたい気持ちがあるのも本心だ。

「そのうち、な?」

はぐらかすと、慈英は軽く眉をひそめた。だが臣の目のなかに、もうちょっとあまやかしてくれというサインを見てとり、彼はしかたなさそうに苦笑する。

「そのうち、ね。いいですよ、臣さんがしわくちゃになっても、ずっと待ってますから」

さらりとすごいことを言って、慈英は臣をじっと見つめ、遠い未来までのすべてを愛しているのだと、まなざしだけで語った。

かたくなな唇

早坂未紘は、元気が取り柄の十九歳だ。かわいらしげなルックスに似合いの名前、ちょこまかとした印象のおかげで、『ミッフィー』などというあだ名までついている。

成人式間近の男子にその呼び名は、ともすれば顰蹙《ひんしゅく》ものでもあるが、揶揄されるように呼ばれても、受け流すだけの度量もあるのは、この場合いいのか悪いのか。なによりそう呼ばれても違和感のない雰囲気により、いまでは未紘の周囲ではすっかりその名で通っていて、ともすれば本名のほうが呼ばれる回数は少ないかもしれない。

涙もろいけれども案外と気は強くて喧嘩《けんか》っ早く、芯もしっかりしている。しょげてもめげても引きずらず、逞《たくま》しく笑ってみせるところも未紘の美点である。

未紘がこのオートクチュールジュエリー工房、『ＫＳファクトリー』でバイトをはじめてから、一年が経過していた。

所長の秀島照映、副所長の霧島久遠をメインクラフトマンとした、少数精鋭のオートクチュールジュエリー工房である。また、『ジュエリー・環《たまき》』という有名宝飾会社の子会社でもある関連から、照映のオリジナル作品の他に、環からの下請けなども引き受けている。

ジュエリーなどという華やか極まりない商材を扱いつつも、実質の仕事場はといえば年がら年中リューターの音が響き、洗い場では超音波洗浄機がやかましく、歯医者の音が苦手な人間は五分といられない環境だ。

おまけに手は研磨粉と金属の煤《すす》で真っ黒、バーナーは使う、硫酸などの劇薬も扱うで、いわゆる『危険、汚い、きつい』の3Kそのままなのだ。

あげくこの職場は照映、久遠以外には昨年末にようやく入ってきた、桑田敦子《くわたあつこ》という新人クラフトマンしかおらず、当然年中人手不足である。忙しいという言葉では足りないほど、皆が忙《せわ》しない。

未紘自身は別段、ジュエリーデザイナーになりたいわけでも、クラフトマンを目指しているわけでもない。バイトのきっかけというのが、痴漢と間違え怪我をさせてしまった照映へのお詫びだったという結構な珍事で、そのまま成り行きで、慢性的な人手不足を見かねて正式なバイトとなったような状況だ。

そのうちに照映と人に言えない――が、職場ではばれればれ――の関係にまで陥って、プライベートでも随分と密着した状態にある。

照映にしてみれば、一回りも下の恋人というのはなんとも面はゆく歯がゆく、素直でかわいいと思うぶんだけ、自分の魅力に無頓着な相手に振りまわされていて、それでもそれなりにうまくやっていると、思っていた。

しかし、その前向き熱血ミッフィーは、このところどうにも塞いでいる。

気づけば、少しばかり不安そうに顔をしかめていることが多いと、工房内の大人三人は密《ひそ》かに心配していた。


「……ねえ、最近どしたのミッフィー？　ぽんぽんでも痛い？」

そんな状態が続いたある日、やはり気になると切りだしたのは、未紘ともっともフランクにつきあっている久遠だった。

「なんですかそれ……ぽんぽんって」

子どもじゃないんだからやめてくださいよ、と笑ってみせるその顔も、どうにもこうにも覇気がない。やっぱり妙だ、と思いつつ、少し離れた席からそっと見守っていた照映に、桑田の抑揚の少ない声がかけられる。

「所長、こちらの鑑定書の件ですが」

「あ……ああ、どうだった」

長めの髪を色気もなくひっつめて、ノーメイクの小振りな顔をむっつりと桑田はしかめた。

「ここ。小傷の入り方も、営業の預かり証には報告ありません。確認取らないとまずいと思います」

そう言って書類と共に差しだされたのは、リフォームの依頼を受けた古そうなブローチだった。親から譲られたものを今風のデザインにリフォームして欲しいという客は結構多いのだが、その商品が古いと、希にやっかいな問題も起きる。

リフォームや修理などの場合、無用のトラブルを避けるために、預かり証を作成する。その預かった時点での石の状態他をきっちり確認し書類で残さなければ、後になって「預けたせいで傷ができた」「石が取り違えられた」などのクレームが付くこともあるのだ。

「ちょっとクサイですね。お預かり品なのでなんとも言えませんが……ダイヤのインクルージョンがこのクラスにしては汚すぎます。色も黄ばんでるし、とてもGカラーのVVS1とは……SIクラスでさえ厳しいかと思います」

また、石の鑑定というのも案外に曖昧なところがある。世間で思うよりも簡単に鑑定資格は取れてしまう。結局のところ鑑定士自身の目と経験、実績に依《よ》るところが大きい。

「……摑まされてる、ってえことか？」

本来、証拠となるのがこの預かり証なのだが、見落としや取りこぼしによって、書類上には存在しない傷があったり、またはそこに添えられた鑑定書と、実際の石のクラスがかみ合わないということもたまにある。

「よく解釈すれば、古い鑑定書なので、基準があまかったのかもしれませんけれども……」

私としてはあまり、と言葉を濁した桑田自身、鑑定資格を持っている。しかも本人、無類の貴石好きで、インドに渡った折りには片端から眺めてまわったという。実際、お遊び程度にやらせてみたところ、ＫＳファクトリーの鑑定書付き在庫石のグレードをぴたりと言い当てたこともあり、照映は桑田の目を信用していた。

「わかった、『環』にもう一回出させる。それから、だな」

「お願いします」

素っ気ないが、的確な意見と見る目を持っている彼女は随分な拾いものだった、と照映は無精鬚の浮いた顎を撫でて吐息した。

正直、彼女を雇うことを最初は危ぶんでもいたのだ。有名私立大学を卒業した後にインドを放浪、その後ジュエリーに目覚め宝飾の専門学校に入り直したという経歴の彼女は、入社前にはひと癖もふた癖もある人物かと思われていた。

問題を起こしてやめていったクラフトマン、下田《しもだ》の後釜として入社しただけに、同じ轍《てつ》を踏むのは勘弁という思いもあった。

――気も強そうだしなあ……照映とぶつからなきゃいいんだけど。

のほほんとした声で、密かに危惧していたのは久遠だ。なにしろここの所長は言葉が荒く、仕事に関しては容赦のない面もあり、相手が女性とはいえ厳しさは変わるものでない。そうした気質を鑑みれば、多少のトラブルは避けられまいと予想できた。

しかし実際蓋を開けてみれば、ぶつかるどころか照映と桑田は恐ろしく気があった。無駄口は叩かず、女であることにあまえず、高学歴を鼻にもかけず淡々と仕事ができる人間は意外に少ないものだ。

桑田は年齢的にも三十少し手前という、ある意味では女性にとって、人生の岐路にたたずみ、惑うことの多くなる年代であるのだが、半端ではない特異な経歴の持ち主は、やはり通常のカテゴライズには収まらないキャラクターを持っていた。

なにより真面目だ。任せた仕事をひとつひとつきっちりとこなしていく彼女は、実際そう経験が豊かというわけでもなく、正直作業としてはまだ、久遠などには及ばない。しかし、それだけに地道な作業をこつこつやり遂げていく努力は怠らない。

いずれこの工房の担い手として欠かせない人物になるな、と照映たちも確信している。性格も、素っ気ないが特に尖った面もなく、かつての下田のように人に嫌われるということもない。

実際未紘も、下田相手には散々苦労していたわけで――実質、あの事件が彼の解雇につながったことを、本人は少しばかり気にしていたようだが、遅かれ早かれ、というところだったのだと照映は思っている。

その彼に較《くら》べ、まっとうに大人である桑田とは未紘もなんらぶつかることなく、むしろ彼女には結構なついている様子さえもあるのだ。

（しかし、なんだか）

ふと、特段問題もないはずなんだがとちらり流した視線の先には、複雑そうな顔で照映を見つめる未紘がいた。なんだ、と驚いて瞬きすれば、目が合うとは思わなかったのだろう、慌ててそらす首筋が細い。

それが、照れて目線を外したわけではないことを、そのうなじに走る緊張に知って、照映はかすかに眉をひそめた。

（……どうしたんだ、あいつは）

仕事は順調で、忙しくも充実している。それだけに、プライベートに大きく関わる未紘の元気のなさだけが、今の照映には気がかりで。

「……ちょっとさあ。なんとかしたら？」

こっそりと、気遣わしげな視線と声を向けてきた久遠に、言われるまでもないと吐息したのだ。

その夜照映は、しおしおとなっている未紘を捕まえ、強引に自宅のマンションに連れ帰った。

かまいすぎも問題とは思うものの、一見素っ気なくその実過保護な照映にしてみれば、どうにも放っておける雰囲気ではなかったし、惑いながらも未紘がすがるような瞳を向けたのには気づいていた。

「……おまえどうしたんだ、最近」

「なんもなかです」

遠回しに探ったところで、この意地っ張りはなにも言うまいと経験上知っている。ふたりきりになるなりストレートに切りだせば、なんでもない、と未紘は強情に首を振った。

「……おれには言えないことか？」

「んーん、……そういうんと違うけん」

心配しないで、と笑う顔は、とても放っておけるような類のものではない。

しかし、見た目は幼げであるのに自立心の強い未紘は、照映の過干渉を案外嫌う。それで怒らせたことも一度や二度ではないだけに、その先に続ける言葉を照映は失った。

どうしたもんだか、と吐息していれば、珍しく未紘からしなだれかかってくる。

「ね、……して？」

「おい……」

はぐらかす気か、とやや強く咎めるように睨んでみれば、いやですか、と無心な瞳で問われて困る。抱きしめたいのはいつものことで、それはいまだに性的に未成熟な部分のある未紘よりも、自分の情動をしっかり理解している照映のほうがよほど強いとさえ思う。

「んなわけ、あるか」

「なら、……照映さん」

だから憮然《ぶぜん》と答えれば、して、とあまえたような声で言う未紘に、なんだか見事にはぐらかされたような気もしてしまう。渋面を浮かべれば、誤魔化すんと違うよ、とこれは色合いの違うやわらかさで微笑まれる。

「……まったくな」

あまく、それでいてすこしの危うさを含んでいるその表情が、世慣れたはずの男を随分とくらくらさせていることに、果たして未紘自身どこまで気づいているのだか。

そうして、恋人にしかできないやり方で小さな頭に詰まった屈託を、ひとときでも忘れさせるべくその、器用な指を絡め、かたくなな唇をほどかせていったのだ。

＊　＊　＊

「ん、も……もっ、やっ！」

軋むベッドの上で強く揺さぶられ、未紘はあまく細い悲鳴をかみしめる。どうやら、意地を張ったお仕置きであるらしくきょうの照映は本当に容赦がなくて、何度追いつめられたのかもう、わからなくなってきていた。

「しょ、え……さん、も、きつ……っ」

「バカ言え。……これ、なんだよ」

「ひんっ」

大きく広げられた脚の間に照映の身体を挟んで、その奥には熱の固まりを食《は》まされて、それでどうしようもなく感じていることを誤魔化せない部分を、器用な掌が握りしめてくる。

「も、う……イタ……っ」

「痛いだけか」

笑う顔は、相も変わらず腹がたつほどにかっこいい。その、俳優にでもなったほうがいいんじゃないかと思えるようなきれいなラインの顎から滴った汗が、自分の肌の上で弾けるのさえ既に愛撫《あいぶ》に変わりないのに、最も敏感な部分を指先に弄ばれてはもう、ひとたまりもなかった。

「……やらしい動き方しやがって」

「だっ……も、い、っく、いきた、い……っ」

うねうねと照映を挟んだ粘膜が勝手に蠢《うごめ》き、焦れた身体もまた卑猥《ひわい》に弾んだ。頭上から見下ろす照映に、その様がどれほど扇情的に映るのかなどもはや考えられないまま、早く早くと細い腰でねだる。

「うご、動いて……っ」

意地悪だ、と半泣きで訴えながら、照映の長い脚を撫でる。そこから這《は》わせた掌が、きれいな腹筋を撫でて脇腹にたどり着くのは、いくつかの夜を越えて学んだ照映の弱点と熟知しているせいだった。

「……っ、この」

「ふぁ、ん！」

案の定、びくりと腰を震わせた照映にしてやったりと思ったのも束の間《つかま》、体内にいる彼の質量と熱量まで増したことで、結局未紘は追いつめられる。

「十年早いっつの……」

「やっ……やだ、そ、そこや、んっんっ！」

許して、としゃくり上げながら広い背中を抱きしめて、未紘はあまく哀願する。

ことさら意地の悪い恋人に振りまわされ、勘弁してと泣きながら、未紘はそれでもこんな方法で、意地を張る自分を許そうとする照映に、申し訳ないとは思っていた。

（心配……させとるもんな……）

このところの未紘の鬱屈は、本当に自分の未熟さによるもので、なにも彼が心配するようなことではないのだが、さりとてそれを伝えることも、情けなくてできない。

（いかんなあ……）

未紘が塞いでいる原因は、ＫＳファクトリーの紅一点、桑田敦子にあった。

といっても、別段彼女自身になにかまずいものがあるわけではない。これはただ単に、未紘の一方的な劣等感の問題なので、余計に自己嫌悪に陥ってしまうのだ。

バイトの身分で任されているのは完璧に雑用ばかりで、まあそれが未紘の仕事と言えば仕事ではあるのだけれども、才気走った三人に囲まれていることが時々ひどく、息苦しくて戸惑ってしまう。

（おれ、ひとりだけなんもでけんもん……）

そんなふうにいじけた考えを持つような性格ではないはずなのに、背中が重くなり、ため息ばかりが出てしまう。

今日の昼にしても、桑田と照映の会話を聞いて未紘が肩を落としたのは、どうしても悔しいと思ってしまったせいだ。

久遠にしてもそうなのだが、あんなふうに照映と対等な知識を持って、彼の役にたつことができないことを、密かに気にしている。

そんな考えこそが思い上がりだと気づいてはいても、おみそでいるのも結構つらいのだ。

そして実際、自分の最も重要な役割といえば、あの工房での「なごみ系」というやつであるのに、最近ではすっかり「よどみ系」といった有様だ。

腹が痛いのか、などと問いかけてくる久遠にしても、未紘の元気のなさがそんな単純なものではないことなどわかっているはずだ。

（桑田さんも……なんも言わっさんけど）

無愛想なようで、結構女性らしい気配りはできる人なのは知っているし、とそこまで考えて、またこっそり重いため息が零《こぼ》れてしまう自分を、未紘は情けなく思った。

また、知れば知るほど奥の深い宝飾の世界に、最近ちょっとばかり気後れを感じてもいる。

実のところ、未紘は『ＫＳファクトリー』を訪れるまで、ダイヤモンドのクラスどころか、アクセサリーとジュエリーの区別もろくについていなかった。当年とってようやく十九、しかも田舎の純朴な男子学生であったとなれば、それも当然だとはいえる。

もとより、美術にも造形にも、宝飾にもこれといった興味はなく、そんな未紘には、ジュエリーの世界はあまりに奥が深すぎるのだ。

今未紘が持っている知識といえばせいぜい、訳もわからず工房を走り回るうちに実地で身につけたような付け焼き刃のものに過ぎず、実際のところ「ＧカラーのＶＶＳ１」なんぞと言われてもなにがなんだかさっぱりわからない、というのが本音のところだ。

受験戦争を生き延びたものの、自分がなにをしていいやらわからない虚無感にかられていた未紘は、この目新しくエネルギッシュな世界や、個性的な照映、久遠という面子におもしろさを感じてバイトを続けているにすぎない。

実際、慢性的な人手不足の工房では、雑務をこなす人員すらいない。だから専門知識のない未紘でも、伝票整理や事務処理を任されているわけで、そういう意味ではほんの少しは役にたっているのだろう。

しかし、それでいいのだろうか、とこのところの未紘は、ちょっとばかり考え込んでいる。

知識も才能もあり、落ち着いた大人な桑田と照映の会話は、なんだかどうしようもなく未紘には遠く感じられた。

距離感を感じてしまえば、寂しくて、じっと見つめているのに気づかれてしまったときには、なんだか自分のいじましさに自己嫌悪に陥った。その上、心配げに見つめてきた彼から慌てて視線をそらしたりして、あれでは照映に妙に思われたことだろう。

（わずらわせたく、なかとに……）

久遠も照映も忙しく、桑田もそれぞれタフで多才で、エネルギッシュに仕事をこなし、未紘が心配するような筋合いもない。三人ともそれは同じだ。

心配ばかりさせて、本当におこがましい話だとは思うけれども、そんな彼らに対し、気持ち一つまともに整理もできない自分が歯がゆいのだ。

もうちょっとなんとか。一人前とは言わないまでも、どうにか。そう思いながらも、さりとてこの世界で生きていくまでの覚悟もなにもない自分が、どうしようもなく半端に思えて仕方ない。

コンプレックスを感じて鬱々としているような、そんな自分でいることこそが、なによりのあまえだと、苦いため息と共に自覚している。それで勝手につらいなんて、この照映には恥ずかしくて、絶対言えないだろう。


「……あっ」

ぼんやりとまた沈み込みそうになった瞬間、きついほどに突き上げられて、腰が浮き上がる。

「おまえな……真っ最中になに考えてる？」

（や、やば……）

見上げた先、照映はこの上なく不機嫌な顔をしていて青ざめれば、ごめんなさいを言うより先に、あまったるい悲鳴を迸《ほとばし》らせる羽目になる。

「いやっ、あん、それだめっだ……っ」

大柄な彼に押さえ込まれ、強く卑猥な律動を送り込まれて、今度こそ未紘は泣きわめく。

「やぁ……ごめ、なさ……いっ」

「ばか」

こんなときくらいよけいなことを考えるなと、いじめているくせに随分やさしく口づけられて、鼻をすすりながら舌をかんだ。

その先はもう、考えたくてもできる筈《はず》もないような、淫らで熱くてあまったるい渦に叩き込まれて、ただひたすらに、照映を抱きしめた。

そうして悩むのも、この激しくも強い男に追いつきたいからで、そうしてそれは、自分自身が乗り越え、成長するしかないのだと、知っている。

「待ってて……ね」

「……ん？」

つぶやいた言葉は律動に紛れ、照映の耳には届かなかったのだろう。それでもいい、と未紘はきつく手足を絡め、今度こそあまい行為におぼれていく。

「あん、……しょ、えー…さっ、すきっ」

強く深く奪われながら、結局口にできたのは恋人の名前と、それによって彼に向けた気持ちだけで、それにもまた「ばか」と照映は怒ったように答えただけだった。

それでも、長い髪の隙間に覗く形いい耳が赤くて、そうしてようやく未紘は、あまい唇をほころばせた。

＊　＊　＊

完全に抱き潰した恋人を腕の中に囲い、セックスの後の独特の倦怠感に浸ったまま、くわえ煙《た》草《ば》《こ》で吐息した照映はぼそりとつぶやく。

「もうちょっとはあまえろ、おまえは」

結局泣かせるだけ泣かせても、未紘は強情に口を割らなくて、悩みさえも打ち明けられないかと思えば虚《むな》しくも情けない。

「あまえとるよ?」

しかし、寝ているとばかり思っていた恋人はかすれきった声でそう告げて、腕の中でそっと寝返りを打ってくる。黒目がちの大きな瞳は、少しの疲労と涙に赤らんでいても、澄み切って強い。時折こんなふうに、はっとするような表情を浮かべるようになった未紘に、照映は心底参っていると思う。

じっと見上げてくる瞳はこの一年で随分大人びて、無邪気にかわいらしかった表情の中に、なにか強いものを感じさせるようになった。

「……ったく」

意地っぱりめ、と軽く小突けば、きれいな眉を寄せて苦笑する。

「ごめんなさい。……もうちょっとだけ、ほっといて?」

あげく、そんなことまで言われてしまえば手も足も出なくなる。突っぱねられれば強引に口を割らせることもできるけれど、こうして折れてしまわれれば、未紘の意思を尊重せざるを得ないだろう。

まして、その強い瞳を向けられては。

(しょうがねえな)

内面に揺らいでいる葛藤のすべてを知るわけではないけれども、悩み多き十代には、照映が既に忘れてしまったような痛みと惑いも多いのだろう。そのままそっと骨の細い身体を抱きしめれば、ふう、と力ないため息が零れた。

「がんばるから」

今でもひたむきに懸命であると思うのに、彼自身はそんな自分に満足していないのだろう。きつく抱き込んでこめかみに唇を落とすと、ひっそりとなにか決意したようなつぶやきがあって、それはなにをと問うまいと、照映は思った。

「わかった」

頷けば、それが照映の性格上、結構つらいことだと知っているのだろう。もう一度、ごめんなさいと小さな声で言った未紘は、そっとやわらかい所作で唇をついばんだ。

「まあ……疲れねえ程度にしろな」

だからそれだけを告げて、頑張れ、と背中を叩いてやれば、腕の中でこくりと頷く。

あまえてごめんなさいと、つぶやいたそれに答える未紘の声は、だからこれ以上はあまえたくない、と聞こえた。

その意志の強さが誇らしくも、また寂しくもある。そしてかすかに痛む胸の裡《うち》では、知らないふりをしてやれる自分でいようと思う。

自分の足下が頼りなく、手探りで道を探す時期の不安さなど、照映には遠い記憶の彼方《かなた》にしかない。その青い苛立《いらだ》ちを、感傷と共に理解はしても、もう骨身に感じて共感はしてやれないと知っている。

そのことにすこしの隔たりを感じ、そして逆に、惑う青さのまえにあって、脅かされず揺れずにいられる自分であることに、ひっそりと照映は吐息した。

（大人もしんどいもんだ）

磨けばどこまで光るのかと、原石のままのそれを手に入れた幸運と不安をかみしめながら、意地っ張りな唇を、照映はやさしく奪い取る。

そうして、できればこのままの未紘が、手の中でまどろんでいればいいと感じる自分の身勝手さに、すこしだけ苦く、笑ったのだ。

夢かうつつか、危うさか

刺すような陽射《ひざ》しが肌を灼《や》く。

容赦のない夏は、十三歳の少年の皮膚をちりちりと痛ませ、秀島慈英《ひでしまじえい》はそっと目を細めた。こめかみから伝った汗に息をついて身じろぐと、鋭い言葉が飛んできた。

「動くな、こら」

目のまえにいる五歳年上のいとこは、引き締まった身体《からだ》をさらし、飽かず絵を描き続けている。

夏が終わるまでの間、『ちょっとモデルをやれ』と言われてからすでに三日が経《た》つ。炎天下の庭、一応日陰にいるとはいえ、ただ縁台に座っているだけの状態で、小一時間も同じポーズをとっているのは、まだ未熟な筋肉しかない身体にはけっこうつらい。

細い首筋を汗が伝う。拭うとまた怒られる。まるで苦行のような時間だ。

「照映《しょうえい》さん、疲れました」

「もうちょいなんだから、待て。あと五分」

言われて、慈英はため息をつく。自分が、集中するとまわりが見えなくなるタイプなのは知っているけれども、照映も絵についてはひとのことは言えない。

ざくざくと音がするのは、紙面からなにかを掘り起こすかのように、鉛筆でデッサンをとっているからだ。ラフスケッチ、と言ったほうが正しいのだろう。

照映は陽射しと同じくらいに強い視線で、そのおうとつとラインを脳と紙に焼きつけようとしているかのように、慈英の身体を凝視した。手を動かす間も、一瞬たりとも目を離さない。もぞり、とまた慈英は身じろぐ。

「動くな、つっただろう」

「ごめんなさい」

叱責に慈英は小さくため息をつき、むずがゆい首をこらえた。

照映も、汗をかいている。彼は木陰にすら入っていないので、肌を伝うどころではなく身体中が濡《ぬ》れていて、グレーのタンクトップはすっかり色が変わってしまっている。

慈英のものと較べると、倍にも感じられるような太い腕を動かすたび、ぽたぽたと雫《しずく》が落ちる。

(暑くないのかな)

またこめかみから流れてきた汗が、頬《ほお》を伝い上唇に玉を作った。むずりとするそれを舌で舐《な》め取ると、薄い塩気を感じる。

「しょっぱいか」

顔をしかめていると、くつくつと喉を鳴らして照映が笑った。先だっての会話を覚えていての揶揄《やゆ》だということはわかる。

「汗拭きたいです、照映さん」

「しょうがねえな、いいよ」

やっとお許しが出て、慈英は深々と息をつき、腕をあげて頬をこすった。だが、その細い腕にもじっとりと汗が浮いていて、ただなすっただけのような状態になり、ますます顔をしかめてしまう。

照映がよくやるように、タンクトップの端を持ちあげて拭おうと思ったが、こちらもじっとり濡れている。拭いていい、と言われたものの、タオルを取りに行っていいかどうかの許可はもらっていない。

そもそも、これ以上動いていいのか。このポーズから一度崩してしまうと、もう同じポーズを取れないのではないか。

どうしよう、と慈英は細い首をかしげたが、慈英の内心のきまじめな、しかし不毛な葛藤に気づいた照映は、ますますおかしそうに笑った。

「動いていいっつの。ついでに水浴びでもするか」

「はい」

照映自身も重たくなったタンクトップの襟首をつまみ、風を送るように揺すってみせた。湿ったそれはすっかり肌に貼りついている。

「慈英、シャワーもってこいシャワー」

「はい」

照映が言うシャワーとは、彼の母親が庭の手入れをするときに使う散水器具のことだ。巻き取り式の長いホースのさきに、つまみでシャワー放水ができるヘッドがついている。

慈英は、ぱたぱたと小走りに庭先の水道へと向かう。蛇口にホースの口をセットして、思いきり水を出し、シャワーヘッドの部分を持ったまま、ホースを引きずって照映のところへととって返した。

「おし、そっから思いっきり撒《ま》け！」

「え、デッサン、濡れないですか」

「そこまで届かねえから平気だ。それにどうせ下絵の下絵だ、かまわねえよ」

あれだけ時間をかけた絵に、あっさりと執着のないことを言ってのけた照映の言葉に従い、ヘッドについた放水のボタンを押す。水圧に、バシュッと音をたてて飛びだした水は、きれいな弧を描いて照映のうえに降りかかった。

仰向《あおむ》き、両手で顔を洗うような仕種《しぐさ》をしたあと、額にかかる髪をかきあげてぶるぶると頭を振った彼は、「交代」と口の端をつりあげた。

ホースを手にしたまま、素直に近づいた慈英がそれを手渡そうとすると、気化した水のせいか、ひんやりとした肌の照映に腕を摑《つか》まれる。

「……え？」

ぐい、と引き寄せられ、頬をぺろりと舐められた。なにがなんだかわからず、呆然《ぼうぜん》とした慈英に、照映はくすりと笑う。

「なるほど、しょっぱい」

「あ、うん……ぼく、さっきから汗かくたび、乾いたりしてたから」

塩分が増しているのだと思う、という言葉が喉《のど》の奥に引っこんだ。ふだん、頼もしく慕わしいと見あげるばかりだった照映の長身が、頭上に覆いかぶさるようになり、眩《まぶ》しい空を隠す。

「照映さん……？」

逆光に、彼の表情は見えない。

夏の陽射しを浴びて、照映の肌はすでに赤銅色だ。光の加減で、しなやかな筋肉に滴る汗が金色に光った。ゆらり、広い肩から陽炎《かげろう》がたつような放熱を感じ、慈英はそっと目を細める。

「あついよ、照映さん」

舌足らずに小さな声で告げると、握りしめたままだったシャワーヘッドを照映が取りあげ、ふたりの頭のうえから水を撒く。痛いくらいの水に目をつぶると、突然のそれに驚き開いた唇に、なにかが触れる。

「喉渇いたか、慈英」

「……うん」

「じゃあ、そのまんま、口開けな」

なにが待ち受けるのかも知らないまま、慈英は素直に口を開いた。熱くぬめったものがそこに触れ、呼吸を塞いでも、敬愛する照映の言うとおりにしたまま、目を開くことはなかった。

いつのまにか、シャワーヘッドは放りだされていた。びっしょりに濡れた身体を、同じくらいに濡れたなにかが閉じこめるように抱きしめ、唇がぴったりと塞がれている。

ひどく熱い。くらくらして、なにも考えられず、いますがれるたしかなものはそれしかないと、目のまえの大きな身体にすがった。

ぬるぬると唇を舐められて、息苦しさにあえぎながら慈英は言った。

「そこは、しょっぱくないです」

「そうだな。……どっちかっつうと」

あまいな。

かすれた声が頰のすぐ近くで聞こえた。かたい筋肉をまとった腕はますます慈英を強く縛《いまし》め、爪先が浮きあがる。

したたり落ちてくる水は、陽光と彼の体温にあたためられて、ぬるく、不快であるはずなのにすこしもそうと思えず——慈英はうっすらと、そのやわらかな唇を開く。

「いいのかよ」

「なにがですか」

問われる意味などわからない。ただ、これはひどく気持ちがいい。

「セックスはつまらねえから、興味ねえんじゃなかったのか」

「これは、ただのキスでしょう」

「ああ、だけど、続けたらそこまで行き着くぞ」

深い音で笑う照映の顔は、やはり逆光のままよく見えない。ただ、彼の白い歯がちらりと眩しい。あれをいま、舐めたのだと思い、唾液も少し飲んだ。とても不思議に感じたけれども、やはり不愉快ではなかった。

「照映さんは、セックス、好き？」

「きらいな男はいねえな」

「ふうん。じゃあ、いいですよ」

あなたなら、いいですよ。

まるで誘うような声だと知りもしないまま、十三歳の唇がふわりととろけるようにひずむ。渇きを癒そうとするかのように食らいついてくる唇は、やはり彼の言うとおりに、どこかあまく、やわらかく――。


「……って待て、おまえら、こらぁあああ!!」

絶叫とともに、臣《おみ》は布団をはねとばす勢いで覚醒した。

全身はじっとりと汗をかき、こめかみが引きつっている。ぜいぜいと肩で息をしながら、はたと何度もまばたきをすると、暖房の切れた部屋の空気はひどく冷たかった。

あわてて布団から飛びだし、大急ぎで雨戸を開け、窓の外を見てみると、真っ白な雪が重たく積もったままだ。

（え、あ、なに？　いまの？　夢っ!?）

まだ心臓がばくばくと脈打っている。ぶるぶるっと頭を振り、もう一度部屋を見まわすと、見慣れた慈英の部屋だ。

「はー……」

がっくりと脱力したとたん、寒さが襲ってくる。身震いして冷えた爪先を縮め、ベッドを振り返ると、なにも気づかずすやすやと眠る恋人がいた。

この日は正月ということで、町内の餅つき大会が催され、駐在所づとめの臣も警備の名目で参加させられた。そのまま深夜まで宴会となり、へべれけにされた自分を引き取ってきたのは、すっかり『駐在さん係』を任命された慈英だった。

その後、酔いに任せてあれこれ恋人らしいことも濃厚にやってのけ、新春早々のセックスはとてもよかったのだが——よりによって、なんという夢を見たのだろうか。

「ちょ、待て、今日って何日だ」

はたと気づいて、脱ぎ散らかされた服のなかから携帯電話を取りだす。どうかそれだけは、と思いつつ確認した日付と時間は、一月二日、午前二時。

臣は脳内で絶叫した。

(ちょっと待て、あれがおれの初夢かよおおお!?)

新年を占うとも言われる初夢に、よりによって、なんというものを見たのか。

それもこれも、先日、照映がいきなり押しかけてきて、あれこれいらぬことを吹きこんでいったせいなのだが――思った以上にあのいとこ同士に嫉妬している自分の潜在意識について、臣はひとしきり落ちこんだ。

「つうか、まったく起きねえのかよ」

涙目できっと睨《にら》んださき、慈英はすうすうと眠ったままだ。臣が上掛けをはねとばしたせいで、すこしだけ寒そうに広い肩をすくめているが、気持ちよさそうに「ん……」と喉声をあげて寝返りさえ打っている。

さきほどまで、下着一枚だけでお互いの肌であたためあっていたというのに。

いやな夢のせいで心臓はざわざわするし、冷や汗はかくし、飛び起きたせいですっかり身体は冷えきっている。

「この、……やろうっ」

ベッドに飛び乗った臣は、冷えきって氷のようになった足先を、まるまった広い背中にべたりと押しつけた。

「ひっ!? あ、え、冷たいっ、なに?」

「なにじゃない！　浮気者！」

「へ?　あ?　お、臣さん?」

なにがなんだかわからない、という顔で目を白黒させる慈英に、臣は涙目のまま、さらにまくしたてた。

「謝れ！　おれに謝れ！　じゃすと、謝れ、なうっ！」

「え……あ、え、ごめんなさい……?」

「謝るようなことしたのかあああっ」

うわーん！　と大声で当たり散らす臣は、数時間まえまで捕まっていた宴会で、さんざんに日本酒を飲まされていた。

要するに、酔っぱらったままセックスして、酔っぱらったまま眠りにつき、起きてもやっぱり酔っぱらっているわけだが、体内のアルコールの分解酵素が基本的に多いうえに寝起きのいい慈英は、すっかり取り残されたまま、呆然とするしかない。

「十三歳でふしだらなことして、そんな子はおれの慈英じゃなあいっ」

「いや……なに、どうして?」

そして正月早々、心地よく眠っていたところを、氷のような足を押しつけられて叩《たた》き起こされたあげく、ひたすらくだを巻く臣をなだめ続けるという苦行にも耐えきる慈英の愛情を、いまさら疑うべくもない、という事実に臣が気づくまで、まだあとしばらくはかかる。

脳のデフラグと呼ばれる夢の引き起こした新春の椿事《ちんじ》は、窓の外で静かに降り積もる雪だけが見ていた。

ストレリチア・レギネ

あざやかなその花は、まるで南国の鳥のようだった。数々の花々であふれかえった、高級ホテルのスイートルームのなか、独特の形状と色彩は、ひときわ目を引く。

「極楽鳥花《ごくらくちょうか》だっけ。おれ現物はじめて見たかも」

棚のうえに置かれた鉢植えを、小山臣《こやまおみ》はしげしげと眺めて言った。大量の花々の受取人であり秀島慈英は、切り花のうちいくつかを水切りして花瓶にいけながら「そうなんですか?」と問いかける。

「花屋とかで見かけません?」

「そもそも花屋とか行かねえよ、おれ」

「ああ……そうでしたね」

くすりと笑う慈英は、三つほどの花束をまとめて生けた花瓶を矯《た》めつ眇《すが》めつしたのち「こんなものかな」と手を離す。

「どうです?」

臣の目からしても、単純にきれいだと思う。芸術家というのは、なににつけうつくしいものを整えることに長《た》けているのだろう。においやかな花たちは慈英の手で息を吹き返したようだった。

「うん、いいんじゃないか」

うなずいて見せると、穏やかに目を細める。すこしなつかしい、と臣も微笑《ほほえ》んだ。

「てか、おまえ疲れてんのに、部屋に戻るなりやったのが花の手入れって」

「だって切り花は早く生けてやらないと、萎《しお》れるばかりですから」

慈英はいま、臣とともに宿泊している、都内でも歴史あるホテルのアートプラザで個展を終えたばかりだ。ついさっきまで美術雑誌の取材だの外商だの画廊だのという相手に囲まれ、にこにことした笑顔を貼りつけていたため、相当なストレスが溜《た》まっているのはわかる。

「今回、アインまた来なかったの？」

「日本での個展もだいぶ定期的になってきてますしね。あっちはあっちでやることがあるのと」

「……あるのと？」

「まあ、ひらたく言えば逢瀬《おうせ》の邪魔をするほど野暮《やぼ》じゃない、的なことを言ってました」

「あー」

濁した言葉から、おそらくはもっとストレートでえげつない発言があったのだろうことは想像がついた。ここ数年慈英と契約を結んでいるエージェント、アイン・ブラックマンのひととなりについては、臣もいやというほど知っている。

そばにいられない自分と、常に傍らにいる彼女と、立ち位置の違いに嫉妬したこともある。だが容赦がないほど『秀島慈英という商材』にこだわり抜くアインにとって、臣の恋情などは本当に、歯牙にかける価値すらないのだと、いまでは思い知っている。

いい悪い、価値観の問題ではなく、もはや位相が違うレベルで生きざまがかみあわない相手なのだ。そう悟ってからは、むやみな悋気《りんき》もおさまった。

(まあそもそも、アインさんが問題なんじゃあ、ねえし)

臣が慈英とともに歩むための障害となるもの、その象徴ともいえるアインだが、根底に横たわるものはそれではないと、臣もわかっていた。

籍をいれ、日本とアメリカに離れて暮らすようになって、だいぶ経った。遠すぎる距離と、彼のいない時間にも、すこしずつ慣れてきている。

慈英がいなくても、案外と生活できてしまう自分に驚くと同時に、その『慣れ』にも注意しなければならないと気づいたときには、価値観が根底からひっくり返るような心地だった。

むかしは、彼と離れていられる自分がいることなど、考えもしなかった。それも別れるでもなく、信じているからこその距離を保つなんて、できるできない以前に想像の埒外《らちがい》だった。

互いの生活の違い、立ち位置の違い、仕事の違い。そういうものを認めあって、『違うふたりのまま』寄りそいあうこと。

とても静かで地道で、あたりまえだからむずかしい。そういう愛情の綴《つづ》りかたを、いままでもこのさきも模索し続けなければいけない。

慈英が隣にいなくても、その場にきちんと立ち続けたい。

けれど彼がいなくて『平気』になってしまうことは、たぶん、望む形ではない。

結果、心を乾かさず、すこしだけ寂しいまま、それでも強くありたいと、臣は願う。

「――どうしました?」

広い背中を眺めながらぼうっと物思いに耽《ふけ》っていれば、気づいた慈英が振り返る。

「いや、ひさびさだなと思って。花生ける慈英」

「ああ」

そういえばそうか、と慈英は鬚《ひげ》の生えた顎《あご》に左手をやる。その薬指には相変わらずのリングがはまっていた。もうだいぶ小傷も増えたと、すこし詫《わ》びるようにして撫《な》でていたのは数時間まえの記憶だ。

臣はむしろ嬉《うれ》しかった。贈ったときに比べればわずかに曇った金属の鈍い輝き、それだけ細いリングは彼とともにあったという証《あかし》だ。

「市内にいたころは、よくそうやって花飾ってたろ」

「あちこちからもらうこと多かったですからね」

賞を取った、個展をやった、季節の節目にと、慈英とつながりのある画商やそのほかから花が贈られてくるのはよくあることだった。大抵は個展会場への賑《にぎ》やかしであり、そこに名を記したプレートをつけることで、なにかに対するアピールだったりするのはあの手の催しの花の役割だろうけれども、それ以外にも自宅へ直接配送されることがあった。

臣は、花のある生活というものを、彼とともに暮らすようになってはじめて経験した。それまで必要と思ったこともなかったのだけれど、家のなかにやわらかく香る花々があることは、案外と悪くなかった。

といって、ひとり暮らしに戻って数年が経ついま、臣が自分で花を調達するような趣味を身につけたかと言われれば答えはＮＯだった。

そもそも相変わらずの刑事という職業柄、事件が起これば何日も帰ってこられなくなる。その間放っておいた切り花など腐るに任せるほかなく、始末が大変になるだけだ。

「そういえば、なんで花ばっかだったんだ？　贈答品ってべつに花一択って決まりな訳じゃねえよな。たまに、菓子とか酒とかもあったろ」

「……ええ、まあ」

ふと問いかければ、慈英は生返事をした。花瓶にさした花をいじるふりでいるけれど、彼の声のニュアンスがわからないほど短いつきあいではない。

「なんかあんの？」

「なにか、というほどのものではないですが」

「じゃあ、言えばいいじゃん。なに」

ずいと近づいて、背中にへばりつく。広くてあたたかい、臣のための居場所。肩甲骨の間に耳をくっつけて、裏側から聞く鼓動の音が好きだ。

（……あ）

すう、と息を吸いこんで、ほんのわずかに感じた違和感。不思議なそれに身じろぐと、慈英はすぐに気づく。

「どうしました？」

「ん？　……うーん、慈英、におい変わった？　あと、体型も」

「え、それって」

顔を引きつらせる彼がなにを気にしたのか理解し、臣は噴きだした。

「違うって！　臭いとか、そういう意味じゃないから」

「なら、いいんですが……」

あははと笑いながら、さらに顔をなつかせる。ついさきほどまで来賓たちと対応していた彼は、スーツの上着を脱いで、腕まくりをしただけの姿だ。

「……大人の男になったなあ、と思って。身体もでかくなった」

静かにつぶやくと、慈英はわずかに首をかしげる。

「出会ったときと、身長も体重も、さほど変わってませんよ？」

「はは。でもやっぱ、二十代のころと身体が違うよ。なんだろな……厚くなった？」

すらりと長身で筋肉質なのは出会いから変わらないが、肩や胸に厚みがつき、肉づきがよくなった。顎の線も、以前よりは太くなった印象がある。

ひとつには、アメリカでの食生活も影響しているのだと思う。極力、日本食に近いものを好んで食べているらしいが、まるっきり日本にいるときと同じとはいかないし、クライアントとの会食などの機会も増えているらしい。

「自分じゃ、よくわかりませんが」

「久々だから感じるのかも」

彼の背中にしがみついたまま、臣は深く深呼吸をする。知っている男の、知らないにおい。不快なわけではないし、むしろどきどきする。

きゅう、と胸の奥が痛んだ。そして臣は笑いをこぼす。

「あ、……ふはっ」

「なんですか、いったい、さっきからひとりで」

「んふふ、ごめん」

もう一度抱きつき直して、深く息を吸う。ああ、これが好きだ。とても。

「……おまえのにおい、すごい、どきどきする」

「え」

「なんだろう、いまさらかな。すごく……好き」

ささやくように、語尾が空気に溶けていった。わずかに身をこわばらせた慈英が、ややあって広い肩を上下させ、ふう、とおおきな息をつく。

「正面に抱きついて言っていただけませんかね？」

「……恥ずかしいからヤダ」

「なにを、それこそいまさら」

本当に、いまさら。真っ赤になっている自分を知られたくないと抵抗するけれど、長い指に手首を摑まれ、こっちにおいでと引っ張られては、その胸に抱かれる以外どうしようもない。

「かわいい顔になってますねえ、臣さん」

「うるさい、ばか」

恋に落ち直した、なんて、肌がはじけそうなくらいに脈が激しくて、どうしていいのかわからない——なんて、本当にもう何年のつきあいなのだか。

せめて顔を見られまいと肩に埋《うず》めれば、くすりと笑った慈英が「じゃあおれも恥ずかしい話をひとつ」と言う。

「花だらけだった理由はね、あなたですよ」

「え……あ、さっきの？　贈り物のこと？」

「ええ。うちに贈ってくるなら、花にしてくれと言ってありました」

わざわざ指定していたのか、でもそれが自分を理由にするとは？　思わず顔をあげた臣は、いつでも見ほれてしまう深い色の瞳にとらえられ、動けなくなる。

「花を飾るといつも、臣さんはちょっとめずらしそうに、慣れてなさそうに戸惑って、でもとても、嬉しそうな顔をするんです」

「そう……だっけ」

とぼけては見たが、心当たりはあった。じっさい、あのころの自分は花を飾る生活というのが本当に世の中に存在するのかと、そんな気持ちでいたからだ。

「それがかわいくて、あの顔が見たくて、花を飾った」

耳に吹きこまれるあまい、熱のある声。ぞくりとして、臣は広い背中に爪をたてるようにしがみついた。

「きょうはひさしぶりに、あの顔が見たくて」

「それで、こんなに、花持って帰ってきたの？　ホテルなのに？」

明日にはこの部屋を、引き払うのに。

スイートの広い空間いっぱい、山のように飾られた花々。あちらこちらからあまい香りが漂って、くらくらとする。

「花もさ、好きなんだけど」

「……はい」

「それを、飾ってるおまえの背中がね、いちばん、……好きで」

好きだった、と言いそうなところをこらえた。たぶん一瞬のためらいに慈英も気づいたのだろう、背中と腰にまわる腕がひときわ、強くなる。

「もうすこしだけ、待って」

「いつまでても待ってやるよ」

「いつまでも、なんてのは、おれが待てません」

「相変わらず、勝手……」

どうあれ、ともに暮らすにはまだ時間がいる話で、それはお互いわかっているのだ。なだめないでいい。泣きたくなるのをこらえられなくなる。

抱きしめ直されて、肩越しに見るのは極楽鳥花。別名、ストレリチア・レギネ。自然界にあるのが不思議なくらいのビビッドな配色と尖《とが》ったそれが束になった姿はどこか、花火のようにも見える。

「……家にさ、いっしょに帰るときが、きたら」

あの花を、おまえが飾ってくれ。あまえるようにねだる臣の言葉に、「約束します」と慈英がうなずく。

いつかのその日を想像して、臣はまたすこしくすぐったく笑い、熱くなったまぶたをおろした。

逢魔が時の慈英さん

日の落ちる時刻を、『彼《か》は誰時《たれどき》』と呼ぶ。

陽と陰の端境、空は橙色《だいだいいろ》と紫紺色がとろりと溶け、隣にいるひとの顔すらよく見えないからだ。同じく、その時刻を、『逢魔《おうま》が時《とき》』ともいう。顔すらおぼろなその相手が、果たして『ひと』であるかすら、さだかでない話だという。

「――だからね、近くにいる人間のことも、きちんと疑わなければいけませんよ」

「ふうん……わかった！」

幼い臣は、手をつないで隣を歩く男へうなずき、にこりと笑った。その片手には、買って貰《もら》った棒付きの果実飴《くだもののあめ》が握られていて、久々の甘味に臣はたいそう機嫌がよかった。

彼の背はとても高く、まだ幼い臣は身体をぐんと反らすほどにして見あげないとならない。そうしてもまだ、少し鬚の生えた顔は遠くとおく、目元は翳《かげ》ってよく見えない。

いまはまさに『かはたれどき』だというやつだからだな。

聞かされたお話のとおりだと、臣は、得たばかりの知識と現実が重なっていることに、ふんふんと鼻息を荒くするほど興奮した。

「臣さんは、いまはいくつですか？」

どうしてそんなことを問うのだろう。彼は自分を知っているはずなのに。そう思いつつも「五さい！」と掌《てのひら》を広げてみせる。紅葉《もみじ》のようなそれを見て、男は「そう。……まだそんなものか」と静かにつぶやいた。

「じゃあ、約束をしておきましょうね」

「おやくそく？　いいよ！」と臣は笑う。よれて汚れた臣の衣服、それに包まれた薄く脆《もろ》い肩をそうっと撫でて「おやくそくで、おまじないですよ」と、身を屈めた男が唇をほころばせた。

あわされた目が澄んでいてうつくしく、そればかりに捕らわれた臣は、逆に彼のぜんたいを見失う。

「あなたのつらいとき、さみしいとき、くるしいとき、いつでもそばにありましょう」

いままで、おとなたちが臣のなにかと引き替えにしてきた約束と、それはとても似ていた。だが、きっと芯からこれは違うのだと、信じることができた。

なぜなら、この日。仕事をしにいった母に置き去りにされた臣は、いやなおとなに暗がりに連れこまれそうになって、痛いことと苦しいことを我慢する代わりに、金や食べ物をもらう、いつものごとくの所業に耐えようとしたところで、この男に助けられたのだ。

なにが起きたのかはよくわかっていない。目をつぶって、終わりを待っていた臣が「もうだいじょうぶ」と言われ抱きあげられたら、連れこまれたのと違う場所にいた。それから、汚れた手足を拭いてもらって、パンやお菓子やおにくを食べさせて貰って、手を引かれるままぶらりぶらり、お話をして、歩いた。

痛くも、つらくも、苦しくもない時間を過ごしたのはどれだけぶりかわからなくて、だから臣は「わかった。まってる」とまっすぐ見つめてうなずいた。

「じゃあ、やくそくにすこしだけ、証を」

「？　なにする――」

膝《ひざ》をつき、屈みこんだ男は、この日臣が、あのいやなおとなに床に打ち据えられてできた、膝の擦り傷へと舌を這《は》わせた。かたまりかけていた血をこそぐようにされてピリリとする。だがすぐに痛みはなくなり、見おろせば、すりむいたはずのそこはきれいに肌がくっついている。えっ、と臣が驚けば「約定は為《な》された。いつでも、あなたのそばに」と耳元にささやいて、男が身を離す。

広い肩越しに、影に食われ痩せこけた月が見えた。

「まって」――思わず腕を伸ばしたけれど、気づけばもうそこは真の闇。数歩さきのものすら、灯《あか》りがなければ見えもしない。きょろりと見まわせば、臣の住まいのまえ。どこか釈然としないものを感じながらも、ひとりの夜を過ごすために家に戻り、冷たい寝床にはいる。

膝頭がなぜだかじんじんと熱くて、その日、臣は何度も寝返りを打った。まんじりともできないと思っていたのに、気づけば深い眠りから覚め、しろい朝だ。

見あげた早朝の月は、いつもどおりにまるく、やけにてらてらとしていた。

＊　＊　＊

その男に会うのは十年ぶりだった。毎日が澱《よど》んでいる臣にとって、日々の記憶は曖昧で、だからこそ薄紫と橙の混じるこの時間、ふと現れた彼に驚いた。そして、ぽつりと言った。

「なにしに来たんだ」

このころになると、母親が男に求められているようなことを臣も求められるようになっていた。つらくて、くるしくて、誰か助けてとあがいたのに来てくれなかった。そして、来てくれないと恨むことすらなかったことにいま気づいた。

「いつでもそばに、なんて、うそつき」

ほろりほろり泣く十五の臣は、もう穢《けが》されてしまった。困った顔の男は相変わらず背が高く、だいぶ育ったと思ってもまだ追いつかない。

「そばには、いたんですよ。あなたが覚えていないだけで」

うそだ、うそだと泣けば、男はうそじゃないと困り顔で笑った。どうして笑うのだ、臣は哀《かな》しいのに。睨めば、大きな手に両肩を摑まれて、屈みこんできた男の唇に涙を吸われた。鬚があたってちくちくする。けれど、殴られた頬の痛みはずいぶんとやわらぐようだった。臣が泣き濡れた目でじっと見ていると、悲鳴をあげないようにふさがれていたせいで、ここだけは汚されなかった唇を指で撫でられた。

「どうしたいですか」——静かに問われ、どうとは、と、臣は首をかしげた。

「まださらうには早いと思っていましたが、あなたが望むなら連れていってもいい」

そう告げる男の目が不思議な色で輝く。月の光を受けてかと思ったが、ふと男の肩越しに見る月は、ほとんど糸のようだった。そういえば蝕《しょく》の日だ。だからこの町では祭りがおきる。月の神が影に喰《く》われて隠される、そのくらやみを照らすために一晩火を焚《た》く。子がさらわれぬよう、あかあかと。

臣の髪も目も茶色く、なのに目の前の男の髪も目も、闇に溶けそうにまっくろだ。じっさい、時が経つにつれ、男の輪郭はあいまいに闇に溶けている。

「くらやみさま？」

「おれの名前はそれではありませんよ」

違うのか、とすこしがっかりする。でも誰でもいい、連れていって、と言いかけて、臣は口をつぐんだ。いま自分が消えれば母はどうなる。

うなだれて唇をかむ。男の姿は、どんどんと暮れていく陽の陰りで曖昧に薄らぎ、不安ばかりが募った。もしやもう、目のまえにいないのではと焦って顔をあげれば、ぬうと伸びてきた手に臣の手首を掴まれる。

「迷うなら、まだ待ちましょう。おれには午睡のひとときだ」

「待って、名前は」

手を離されそうになって、すがりつく。振り向いた男は、臣のわななく唇を吸い、血の滲《にじ》んだ口の端を舐めながら、名を告げた。そして「痛むところはどこですか」と問う。

ここが痛い。あそこも痛い。あまえるように男の名を呼び、痛めつけられ穢されたところを指させば、男はやさしくやさしくそれを吸い、舐めた。はしたない格好になって羞《は》じらう臣の脚をやんわりと握り、ひらいて、恐怖と苦痛だけで埋め尽くされた場所を、濡れた舌と快楽で埋め尽くして忘我の境地にさせた。

疵《きず》になったすべてをとろかされて、穢れごと飲み干され、自分が生まれ変わるような心地で知らないものを教えられた。

ぱらりぱらりと遠くで火花が散る音がする。そういえば花火があがっているのかもしれない。もしくは、夢心地の頭がそうと錯覚させただけかもしれない。わからない、ただいまはこの、あますぎる惑乱に溺れるままでいたい。

「それでいい」

毒のようにやさしい声が、臣の意識までも舐め溶かしていく。

「忘れてもいい、ずっといる」

そうしてとぷり、夜の闇が来て、男の姿が見えなくなる。臣はすっかりと眠くなってしまって、男の唇が撫でただけで跡形もなく消えた頬の疵を気づきもせぬまま、朝になる。

「……昨日、誰かいたっけ」

忘れたことも忘れたままに、また、日が昇る。

＊　＊　＊

どうやら、自分が彼のことを思いだすのには十年がかかるらしい。まわりの悪い頭を振って、臣はようやく目線の近づいた男を、それでも見あげるかたちで見つめた。

どんどん、ぱらり。秋祭りのお囃子《はやし》が奏でられ、風に乗って届いてくる。

時刻は夕暮れ。このときも夕暮れだ。そして曖昧な影がゆらゆらと、おとなになった臣に近づいてくる。

「やあ、臣さん」

名を呼ぶ男の肩越しには、じわじわと喰われていく月がある。空の昏《くら》さと反して町の家々では戸口に特別な灯りをともしだす。地上のほうが星のあふれた宙《そら》のようになってはじめて、男の輪郭がはっきりと臣の目に映った。

「……慈英、だったな」

「はい」

「おまえは、なに？」

「あなたを愛するものです」

「ひと、じゃないのか」

「かたちはそれらしいと思いますよ」

二度の邂逅《かいこう》のときとおなじ、嘘ではないが真実も言わない男の端整な姿は、あのころからなにひとつ変わっていない。くらやみさまと呼んだとき、それは自分の名ではないと彼は言った。だが、そう呼ばれていいないとは言わなかった。正しい答えを知りたければ、問うことばこそを選ばなければならないのだろう。

「いつから生きてる？」

「あなたを知るまでは、死んでいたようなものでした」

「どうしておれを？」

「うつくしいと思えたすべてのなかで、唯一と感じたので」

答えているようで、答えていない。うそではないが、まことでもない。どんどん、ぱらり。ひゅるり、らら。お囃子の音色は大きくなる。どうして灯りをともすのか。どうして音を奏でるのか。このあたりの子どもはこうして言い聞かされて育っている。

——月が喰われる夜は、音と灯りを絶やしてはいけない。親は子を離してはいけない。くらやみさまが、月と一緒にばりばりと食べてしまうから。

臣の幼いころは、そんなことを教えてくれる者もいなかった。だから幼い日、闇のなかでうずくまっているところを、この男に見つけられた。長じて、そういうしきたりであると教えられた。

(まえのとき、そういえば、しばらくは待ってた)

さらいにきてくれるのを焦がれるように、月喰《げっしょく》を待った。待って、待って、十年経って、少年のころの渇望などもう、忘れてしまっていた。

「いまさら、なにしに?」

もうすっかり臣はおとなで、くらやみさまが食べるのは子どもだ。母から続く穢れがひどいとうしろ指をさされながらも、結局はここで生きている。もう、連れていってと伸ばす手は節ばって、とろけるようだと言われた肌もそれなりに男のものになった。

だというのに、なにをばかなと微笑んで、男はうつくしい手をさしのべる。

「あなたを、迎えに」

臣は、あまり幸せに生きてこなかった人間らしく、疑り深い質《たち》だった。なのに、当然だろうとのべられた手に自分のそれを重ね、引き寄せられ、踊るように抱きしめられるのがすこしも、おかしなことと思えなかった。

「ああ、やっと、連れていける。ようやくあなたはひとりになった」

「ようやくもなにも、おれは、ずっと、ひとりで」

言いかけて、この十年でなにが変わったのかに気づいた。母は、もういない。いろいろと助けてくれる者がないわけではないが、自分のようなものがいると禍《わざわい》を呼ぶからと、臣のほうからつながりを切った。ことにしたしかった小父《おじ》さんも、先日葬送《おく》った。

「……ひとりでは、なかったんだな」

「護《まも》られていましたからね」

そうか、と臣はうなずいた。やさしいひとがちゃんといて、自分は知らず護られていた、それはひどく嬉しく、そして、もうそのひとに会えないことが哀しかった。

「泣かないでください。もう寂しくはさせないので」

ほたほたと落ちる涙を、男――慈英は長い舌ですくい、舐めた。涙を拭うと言うよりは、べろりと、顔中を舐めるのが目的のようにも思えた。

そういえばあのときも、あのときも、これは臣のこぼしたものにひどく執着しているように思えた。かさぶたをねぶり溶かした、あかい舌。請われたので、口を舐めさせ、目を舐めさせ、からだをぜんぶ舐めさせた。

自分がなにをされているのか、どこにいるのか、まるでわからなくなった。母が幼くして消えて、からだを売って口を糊《のり》したこともある。男をしった身体だった。なのに、いま臣を抱く者のほどこすすべては、そんなものと比べるのもおこがましいような、至上の悦楽だった。

はらのなかも奪われた。そこももちろん念入りに舐め溶かされて、巨《おお》きなものに貫かれながら首をかまれた。痛みは一瞬、ずるりと吸われる血とともに、深くへと流しこまれた熱いそれのせいで、奪われたのか奪ったのかもわからなかった。

気づけば臣は泣いていた。寂しくてつらかったいままでの人生のうち、これがそばにいたならどれだけ慰められただろうと、手足を絡みつけてくらやみさまを縛《いまし》めた。

「ああ……喰われている」

嬉しそうに身を震わせた男が、片頬で笑いながら臣の頬をやさしくかんだ。唇があかいのは、お互いさまだった。臣もまた、男の肩に歯をたてて、ぢゅうぢゅうとあふれるほど与えられるものを吸い、飽かず腰を振り続けた。

「あなたに、おれを、喰らわせたかった」

ささやかれ、おれも、と答えたような、そうでもないような。口から出るのはあられもない声ばかりで、だが男は満足そうであったから、それでよかったのだろう。

月はすっかりと影に喰われて、見あげた夜はまっくろだった。なのに臣の目には、遠くあるあまたの星の輝きがくっきりと、きらきらと、まばゆく映るのだった。

ああ、と臣は微笑んだ。ゆるんだ口元を汚すあかを慈英がきれいに舐めとって、くすぐったいと笑ったあとにひらいた目は、見つめてくる男と同じいろに変わっていた。

抱きしめてくる長い腕のなか、血の流れる音がごうごううるさくて、お囃子の音がひどく遠く、かすれていく。幼いころには羨みもした家の灯りはもう、星の瞬きに紛れて見えもしない。

「これで、やっと、つかまえた」

嬉しそうに言ったのは、どちらのほうであったのか。

喰われた月がその身を闇から戻すころ、町からひとり、青年の姿は消える。消えたことすら、それがかつてそこにいたことすらも、覚える者は誰もおらぬまま。

——くらやみさまに、食べられるよ。灯りをつけて、音を鳴らして。

夜更かしの子どもにささやく誰かの声だけが、闇の奥を見透かしている。

デジタルネットは
時差十四時間の距離を埋めるか

デジタルネットは時差十四時間の距離を埋めるか

その日の小山臣は、ものすごく、疲れていた。

市内にある繁華街のクラブで乱闘騒ぎ。怪我《けが》人は重傷者含め数十人。おまけに騒ぎを起こした主犯はもっとも容態が悪く、所持品からは違法薬物が検出。

単なる暴力事件から、覚醒剤取締法違反関連になるとなれば、警察内部でも管轄が違う、どころか組織の上の上を飛び越え、厚生労働省の麻薬取締部が出張る可能性すら出てくる。

大量の泣きわめく若人《わこうど》から事情を聴取し、怪我人の搬送手配、他部署と他局への申し送り。警部補となって部下も増えたぶんだけ気遣いの必要性も増え、また上司《堺さん》に任せていた面倒くさいアレコレを、いまは臣自身が上司《担当者》としてさばかねばならない。

現場にいるより書類仕事。電話、メール、ライン、署内グループウェア、チャットツール、メッセージアプリにSNS――。

「連絡ツールはどれかひとつに絞ってくれんかなあ！」

ストレスマックスの臣は、どん、と拳でテーブルを叩いた。

そんなあれやこれやをなんとかやっつけて自宅に戻り、リビングのソファで缶ビールを片手にくだを巻く、現在は朝の六時である。

その臣と対面するのは、タブレットの画面。

『……お疲れ様です。なにもしてあげられなくて申し訳ない』

「愚痴聞いてくれてるだけ助かる……ていうか、ごめん、仕事の邪魔してないか？」

『いえ、こちらは日中なので』

苦笑する男は、臣の伴侶《はんりょ》で恋人の秀島慈英だ。現在、ニューヨークのアトリエで仕事中である。敏腕エージェントのアイン・ブラックマンが整えた居抜きの賃貸物件はベランダにプールがある高級コンドミニアム。

いまは季節も冬とあって、プールは水を抜いているそうだが、ライトをつけなくても部屋中が明るく照らされているのがわかる。

「思うんだけど、そんなに日当たりよくて、逆に絵とか描けるのか？」

ともに暮らした信州の町の家で、慈英の部屋は突き当たりの角部屋だったし、山奥のあのムラでは、もともと蔵だったものを改装してアトリエにしていた。いずれにしろ、あまり採光のいい場所ではなかったと思う。

「よく知らんけど、絵に直射日光ってよくないんだろ、たしか。美術館とかフラッシュ焚いちゃだめだったはずだし」

なのにいま、そんなにさんさんと日の差す部屋というのが解せず、臣は首をかしげた。

『あはは。アトリエの窓は北向きが好ましい、が基本だと言われますけどね。あくまで十八世紀以前の話でして』

「そうなの？」

『ええ。要するに照明器具が発達していないときは、日光に頼るしかなかったわけなので』

その時代の灯りと言えばランプやろうそく。手元を照らすのはどうにかなっても、全体を明るくするにはむずかしい。工房を持つ有名画家となれば、贅《ぜい》をこらして灯りをともし、夜通し作業するなどもできたかもしれないが、画家という生きものは大成しないまま人生を終える者が大半だ。

『現代の照明技術の発達で、好きな時間に好きな角度で灯りをともせるようになってからは、単に本人の好みの問題になりました。……じっさい、こうやって』

「お？　え？　ええ!?」

画面ごし、慈英がなにかのリモコンを持ちあげ、操作する。すると、いままで彼の背後はハレーションを起こすほどに明るかったのに、一気に暗くなった。

「な、なにいまの？　カーテンとかスクリーン降りたとかじゃなかった！」

『アハハ。すごく細かいブラインドなんです。一瞬で開閉するタイプ』

「ハイテクじゃん……おれいまだに雨戸開け閉めだぞ」

『……知ってますよ』

かつてふたりが暮らした家に、いま臣はひとりでいる。そこですごした数年を忘れるわけがないと、慈英は目を伏せた。

『はあ、はやく帰りたい』

「予定ずれたもんなあ」

『本当ならもうとっくだったんですけどね、アインめ……』

画家、秀島慈英を世界に売りこむ、それ自体はまず成功したと言っていい。それでいて、『作家の実存性《コンセプトアート》』を売りにすることの多い現代アートの界隈《かいわい》において、顔出し仕事が最低限で済んでいるのも、アインの手腕だと言えるだろう。

だがそのわがままを通したぶんだけしがらみは増え、あれやこれやと片づけることも増えてしまい、また種々の世界情勢の変化もあって、想定よりも米国暮らしが長引いてしまった。

それでも、もう帰国する、と慈英が頑として言い張ったため、近々本当に『一時帰国』ではなく、ビザも終了させて戻ってくることになっている。

『戻ってもしばらくは東京暮らしですけどね』

「いまの距離考えりゃ、日帰りできるレベルなんて近所だよ。実際おまえ、東京のパーティーからとんぼ返りしたこともあったじゃん。それで朱斗《あきと》くんと会ったんだろ、たしか」

『アハハ、懐かしいですね。そうか……あれももう、この時期でしたか』

ブラインドシェードを降ろして暗くなった部屋のなか、慈英がひっそりと笑う。薄暗い部屋でも、隙間から差しこむ光はある。切れ長の目がひどくきらきらとして見えて、その端整な顔にふいに、ふれたくなった。

（……あれ）

急激に喉が渇き、頬が火照《ほて》った。ビールはまださきほど口をつけただけだ、そこまで酔ったはずもない。ごくり、と嚥下《えんげ》する動きに、腫れぼったい粘膜の感触。妙に過敏で、肌がひりつく。

（あれ？　え？　嘘）

そうして、ひさしぶりの変化が身体に訪れたのを知り、背筋がこわばった。ついで、じんわりとうなじが湿り気を帯びるのを知った。

画面越しに、自分の男を眺める。そういう目で慈英を見るのはひどく、ひさしぶりの気がした。端整な顔だち。あえて不精なふうに整えている鬚は、指でさわると案外やわらかく感じるのに、口づけられたり、肌にこすりつけられると赤い痕を残す。それに印象を取られるので意識から失せがちなくちびるはやわらかく、器用で、くちづけると脳が煮えそうになる。

（キス、だいぶ、してない）

乾いてひりひりする唇を舐める。それが、いけなかった。

『臣さん？　どうしました』

「っなんでも、ない」

気づくな、と思ったとたんに気づかれる。そして返事がはやすぎたし、臣は目をそらしてしまった。

『……ああ、なるほど』

「なるほどってなんだよっ」

『お疲れでしたし、寝てないし、ストレスたまってますもんね』

察したなら知らんぷりくらいしてくれてもいいんじゃないのか。唐突に催して、いろいろとこちらは気まずいのだから、それくらいの情けをかけてくれたっていいだろう。

もじもじと肩をせばめ、脚をきつく閉じて画面を睨む。けれど動じた様子もない男は、さらりと言った。

『しますか？』

「……は？」

『だから、……ああ、むかしならテレフォンセックスって言ったけど、いまってなんて言うんでしょうね？』

まじめな顔でなにを訊《き》いてくる。というかなに提案してきた。臣が目を剝《む》けば、『なんですか、その顔は』と驚かれる。

「いや、なんですかて……慈英おまえなに言ってんの」

『パートナーとして当然の行為を提案しています』

「いやいやいやいやいや当然ではないと思うな!?　そういうのよくないんだぞ!?」

インターネット回線が開発されてから二十年以上、日々進化する技術や設備のおかげでデジタル回線の容量というものが激増した結果、十四時間の時差があろうと、ほぼロスのない状態で、リアルタイムのビデオ通話というのが可能になった。

便利になったと同時にそれを利用する犯罪の数は増え、臣たちの関わる仕事においても、新しいかたちのサイバー犯罪やその被害に対応する法律ができるまで、手をこまねいているしかない時期もあったりした。

非常に余談だが、サイバー○○、と名称がつくのは大抵が警察絡みだそうで、一般にはデジタル○○、というふうに名づけるらしい。

（いやそんなことは本当に、いま、どうでも、いい！）

あまりのことに思考が飛んでしまった。臣は目がこぼれそうに開いたまま、いつも通り、しれっとした顔でいる慈英を眺める。

飲みかけのビール缶をただ握りしめているだけだったことに気づき、少しでも動揺をおさめようと口をつけた。缶の飲み口にくちびるが当たって、ものすごく火照って震えていることに気づかされる。

ああ、本当に恥ずかしい。この短時間でどれだけ繰り返したかしれない言葉をまた脳内でつぶやき、ごくごくと、暖房のせいですこしぬるくなったビールをあおった。

「ふー……」

カン、と音をたててそれをテーブルに置く。

ふだん、こういう仕事あけの通話は、ビールひと缶を飲み干すまで、となんとなく決めている。いくらネット通話で金がかからないからといっても、もともとが慈英への依存度の高い臣だ。あまりぐだぐだにするとひどいことになるのがわかっていて、自分を律していた。

ついでに言うと――性的欲求のほうも、だいぶ、我慢していた。というより、彼がいなければ自然とその手のことは忘れていられた。

離れて、一番心配だったのがセックスに関してのことだった。なにしろかつては依存症気味なほどにセックスが好きで、気分が昂ぶっても落ちこんでも、どうしようもなく求めていた。

だから慈英がいなくなったら、そのストレスでおかしくなるのではと、それが一番怖かったのだが、自分でも驚くほどに、すとん、と落ちついてしまっていた。

むろん、久々に帰国したときなどは、ものすごく求めてしまうし盛りあがる。けれど慈英がそばにさえいなければ、まったくと言っていいほど催さなかった。

たぶん、年齢的に身体が落ちついてきたのもあるとは思う。けれど結論として、臣の性的欲求というもの、情動にまつわるすべてが、『秀島慈英』という男に、その愛情に根ざしてしまったのだなと、そんなふうに感じて嬉しくも、誇らしくもあった。

しかし、この状況は決して、嬉しくもなければ誇らしくもない。

『どうしますか、臣さん』

にっこりと、穏やかで、上品ですらある微笑みで追いこまないでほしい。臣は冷や汗をかいた。

「いや、だから、よくないって……公共の電波にそういうの乗せるのはさあ……」

『デジタル回線は公共の電波とは言いづらいのでは……あとプライベートな通信については秘匿されるのがふつうですし、よほどの事情がないと開示されないのはご存じで』

「論点そこじゃねえって！」

そんなことはそれこそ、必要に応じて許可さえ降りれば、個人情報も見られるし電波傍受の許可すら降りる職なのだ。臣は声を張りあげるが、慈英はしれっとしたまま言う。

『わかってますよ。べつに録画したりしませんし、ネットに晒《さら》したりするわけじゃないし。パートナーとのスキンシップの一環じゃないですか？』

堂々としたその態度に、混乱した。

「……ちょ、ごめん。マジでこんなん」

『なぜ謝るんですか』

「いや、だってそっちそんな明るいし、こっちだって朝の六……いやもう七時になるか」

世間ではお出かけまえの時間、テレビではニュースや情報番組で、爽やかな笑顔のキャスターが『本日も元気に、いってらっしゃい！』とか、きょういちにちを励ます言葉をかける頃合いだ。

けれど、『それがなにか』と、心底不思議そうに、慈英は画面の向こうで首をかしげる。

『明るいなかでセックスしたことなんて、何度もあったでしょう』

「そ……そーぉ、だけれども、あの！　待って！」

臣が真っ赤になって両手で顔を覆ってしまえば、『はあ』と不思議そうに言って慈英は手元にあったカップを持ちあげた。おそらくコーヒーだろうそれをのんびりと飲む姿に、いっそ恨めしくなってくる。

（もうヤダほんと……）

思えば慈英はこうだった。一番最初、こちらが強引に迫ったときこそたじろいでいたけれども、腹を決めて追いかけてきたあとからは、臣を求めることにまったく躊躇《ちゅうちょ》がない。

それが嬉しく、ありがたくもあった。おかげでうしろめたさや引け目を感じたりすることも徐々に減って、臣もまた自由に彼を求めることができた。

しかし、それもこれも、継続していた時間があらばこそだ。

久々にぶつけられる、慈英特有の自由さに、面食らうほうがさきに来てしまう。そして、そんなことを言わせた自分への情けなさは、どうしてもある。

『……臣さん』

「はい……」

『ここでする？　部屋に行きます？』

同時に、まだこうして求めるだけの情も欲も持ってくれることが、嬉しくもあるのだ。

両手の隙間から見た慈英は、やさしく微笑んでいた。けれど目の奥にある光だけが剣呑《けんのん》で妖しく、ぞくりとしたものがまた一段階、深くなる。

「……立てない」

『そう。じゃあ、寒くないようにして。暖房の温度、あげましょうか』

なんでこんなことに、と思う。顔が熱くてもはや痛い。なのに、やわらかい声に促されるまま、臣は手元のリモコンで部屋《リビング》の空気をあたためる。

帰宅して、どうせ寝るつもりだったから、雨戸もカーテンも開けていない。冷えきった身体を風呂であたためたあとに着替えたのは、寝巻き代わりの長袖Tシャツにスウェット。羽織っているのはガウンタイプの着る毛布。

「……暑くなってきた」

言い訳じみたことを口にして、ふわもこしたガウンのまえを開けた。そこにあらわれた、着古してくったりした布地は寝心地はいいけれど、身体にぴたりと添うようで、画面越しに見られていると思うと落ち着かない。

「あんま、見んな」

『なぜ？　まだ、なにもしてないのに』

「は、ずかしいんだけど」

『大胆なのもいいけど、そういうあなたもいいですね』

くすくすと笑う男が、画面の向こうで肘《ひじ》をついている。こちらの身の置き所のない感じに比べて、ずいぶんと余裕だ。

『ああ、そうだ。ちょっと失礼』

「へ？」

あげくのはてに、慈英は一瞬離席したあと、数秒も経たずにロックグラスと、なにやら高級そうな化粧箱まで持って戻ってきた。

「おまえ、なにそれ」

『いただきもののスコッチですが。いいときに開けたいなと思ってたので』

言いながら、がさごそと箱を開く。そこにはまるっとした大ぶりなボトルがはいっていて、未開封のキャップを楽しそうにまわしはじめる。ぱきりという音をたて開いたボトルから、琥珀色《こはくいろ》の液体がグラスに注がれた。

「えーっ、おまえ、そういうことする!?　なにそれ、めっちゃいい酒っぽいじゃん、飲みたいのに！」

『臣さんも自由にどうぞ？』

そう言われても、この家に酒の買い置きはないのだ。仕事柄家を空けることも多いのと、もともとひとりでそれほど酒量をこなすタイプでもなく、一日の終わりにビールひと缶あれば充分。つまり、手元にある、帰りしなにコンビニで買ってきたビールが終われば終了だ。

「わかってて言ってるだろ」

『アハハ。……べつに、リモートの飲み会でもないんですから、いいでしょう』

いまこの場の意図するところと目的を忘れないようにとでもいうのか、やわらかな慈英の声が一段、低くなる。

「それは、そ……だけど」

『さわれないのは本当に、残念ですけど、むしろ視覚の邪魔にならないのは、これはこれでいいかもしれない』

グラスをひと舐めして、慈英が静かに微笑んだ。完全に鑑賞モードにはいっている相手に、もうなにをどう抵抗しても無駄な気がする。

そもそも、この時点で臣がやる気をなくしていれば、慈英は気づくし、すぐに『冗談ですよ』と引くだろう。

（わかってんだよ、おれのほうがムラムラしてんのは）

もう、洗いざらしでくたびれたシャツは、くっきりとした乳首の陰影を浮かせはじめている。見えていないはずなのに、スウェットのボトムのなかで張りつめたものだとか、疼《うず》いているうしろだとかも、慈英はきっとわかっている。

「……どうすりゃいいの」

『そこで、おれに訊くんですか？』

困ったひとだ、と慈英が笑う。細められた目の奥にある光がまた一段、昏いものを孕《はら》んだ。

『それは、そういうことだと、受けとりますよ』

「……っ、それで、いい」

どこもふれあっていない。きわどいこともなにも言わない。けれど、もう、はじまっている。証拠に臣の息はあがっている。だいぶ年齢も重ねたけれど、それでもいまだに赴く道場で、乱取りをしたところで大して疲れない程度に体力はあるのに。

『じゃあ、そうだな。臣さん、ヘッドホンあるでしょう。つないで』

「え？　……あ、ああ、うん」

タブレットの内蔵スピーカーで充分会話はできているが、と思ったものの、そういえばきわどいことになるのだった、と思い直す。

購入時にセットで入手したブルートゥース接続のワイヤレスヘッドホン。小型軽量で、耳裏にひっかけるようにするタイプは音質がよいのが売りと言われていたが、いままで使う機会がなかった。

「つけた……けど」

『――どう？　聞こえます？』

「お……っ」

その瞬間、耳から直接はいりこんできた声に、思わず声が出た。構造上、どうしても音が拡散してしまうタブレットの内蔵スピーカーとは違い、音質のよさをうたう最新式のヘッドホンは、慈英の声をひどくクリアに、生々しく伝えてきた。

『臣さん……？　どうしました、聞こえにくい？　こっちもマイク変えてみますね』

「ちが、まっ、待って、ちょっと」

ちょっと待て、これ以上は、そう思っている間に、あちらもヘッドセットをつけ、なにか調整しはじめる。

『最近、スカイプの音声が劣化した感じがするんで、購入してみたんですけど……どうですか』

「～～～……っ」

ヘッドホンからインカムマイクが伸びているタイプのそれは、吐息を含んだ慈英の声、かすかなビブラートまでしっかりと拾いあげ、臣の鼓膜に直撃する。

『臣さん？　……大丈夫ですか？』

「だい……っじょばない、けど、いや、声は聞こえる……」

油断した。ぬかった。もうだいぶこのタブレットでのビデオ通話にも慣れていたから、完全に失念していた。

慈英の声は、すこしひそめたそれが耳元で響くそのあまさは、臣にとってとてつもない猛毒になるのだということを。

そして通常の会話以上に、ヘッドホンごしに聞こえる声は、近く感じるのだということを。

『そう、じゃあ、準備もできたところで』

「……っ、なん、そ、あ、そう、だな」

もうこの状態ですでに、臣はかなりダメージを食らっている。そして本当にこれから、する、のだろうか。こんな精神状態で、画面越しに、好きな男に見られて、見せつけて。

それも、しかも、こんな耳元で直にささやかれるような状態を、延々と続けながら。

(おれ、生きてられんの?)

現時点で心臓がばくばくしている。もうだいぶぐったりしている臣に対して、しかし慈英はどこか楽しそうに言うのだ。

『じゃあ……脱いでください』

「っ! ぜ、全部……脱ぐのは、さ、さむい、かも」

シャツの裾に手をかけて、言い訳がましいことを言う自分に赤面した。もう知らないところもない身体だというのに、羞じらっている自分が恥ずかしい。本当に、本当にいまさら。けれどしかたないと思う。こんなことを、画面越しにするのは『はじめて』、なのだ。

「だ、だから、えっと……着たまま……」

複雑にもつれた心中を知ってか知らずか、慈英はやはりやさしい声を出す。

『ああ、そうですね。じゃあ、手を入れて』

「ど、どこに?」

ひどく頼りない気分になりながら、そわそわと臣はシャツ越しに自分の腹を撫でた。もうこの奥がじくじくと膿《う》んだような感覚になっているのは、お互いにわかっている。

　わかっていて、焦らしあう。

『どこでも、好きなところに』

　とろり、と脳のどこかが溶けたような感覚になる。臣はシャツのすそをめくり、冷えた指を差しいれた。暖房を入れていてもまだ冷たい指は痺《しび》れたように感覚が薄い。だから、肌を撫でているそれが自分のものなのか、わからなくなりそうになる。

　どこでもと言いながら、いつも慈英が最初にさわる、鎖骨から首筋をそうっと撫でた。それからするすると降りて、薄い胸をまるくさする。指の端に尖ったちいさなものが当たる。

『あたったら、つまんでください』

「ひっ……ん、んっ」

　画面では、シャツのなかに手を突っこんだところまでしか見えないはずなのに、的確に言いあてられて震えあがる。そして煮えたままの頭ではなにも考えることなどできずに、ぷつんとした手触りのそれを、そっとつまんだ。

「し……した……」

『見せては？』

　ぶんぶん、と臣はかぶりを振った。異常なくらいに恥ずかしい。これくらいの戯れは対面で、抱きあってならいくらだってしてきたのに、煌々《こうこう》と灯りのついたリビングで、たったひとりで、タブレットに向かってやっているのがどうにも、理性を捨てきれない理由だろうか。

それとも、目を底光りさせているくせに、どこまでも冷静に見える慈英へと感じる『遠さ』のせいなのだろうか。

『じゃあ、そのまま、おなかを撫でて』

「う……ん」

なにをやっているのか、と思わなくはない。けれど、ヘッドホンから流れ込んでくるあまくてあまくて毒のような声が、臣の理性などあっさり押し流して、思考をとろけさせてしまう。

『手、冷たかったの、あったかくなりました？』

「え、なんでわかった」

『首すくめてましたから。……もう、平気でしょう』

にこり、と慈英が笑う。臣は、めまいがする。

『――じゃあ、それを、もっとしたに。そう。おへそのあたりからゆっくり掌を押しつけて。

……ああ、もう、濡れてる？　音がした。気持ちいいですか？』

「……っ、う、ふ……っ」

『臣さん。気持ちいい？』

「う、さい……っ」

静かに、静かに、臣にだけ聞こえるように声をひそめて、いつも抱きあうときとまったく同じ声で、慈英がささやいてくる。

『教えてくれなきゃ、わかりませんよ。さわれないし、見せてもらえないんだから』

臣の手は、身体は、もう彼の言いなりだ。気づけばソファの背もたれからずり落ちるぎりぎりでもたれ、脚を大きく広げたまま、それでも下着もスウェットも脱がずに、すっかりぐちゃぐちゃの自分のペニスを、みだらにいじっている。

（もう、なにしてんだおれ……こんなの何年ぶり……）

慈英と離れて暮らすようになってから、自慰行為をまったくしたことがないとは言えない。けれどかつてのように異様な飢餓感はなく、また定期的に帰国する彼とは必ず抱きあってもいたし、忙しさに紛れれば忘れられる程度の、本当にごくたまの欲求でしかなかった。

けれどそういうときには、大抵もっと静かに、処理に近い感じで終わることも多くて、特に、実際に抱かれることもできないのだからと、うしろをどうにかすることもあまりなかった。

（まだ、まえしか、いじってないのに）

ほんのちょっと乳首をつねって、ペニスを雑にこすっているだけ。なのに耳元でずっと聞こえる慈英の声が、画面越しにも感じる視線が、臣の奥を疼かせて、たまらない。

「あ、も、だめ、も……っ」

『目を閉じないで、臣さん』

「う……いやだ……っ」

『こっちを見ていてください』

いやいや、と首を振ったのに『臣さん』と、少しも強くない、やさしくてあまい、なのに絶対的な声で名を呼ばれてしまう。

『こっちを、見て』

「ひ……っ、も、お……？」

半分泣きそうになりながら、潤んだ目をどうにか画面に向ける。そして、目を瞠《みは》った。

慈英は、もう肘をついていなかった。彼の手もまた、机の奥、画面からフレームアウトしたそのさきへと沈んでいる。

「じ……慈英、も、してんの？」

『……聞かないと、わかりませんか？』

ふ、と笑った声、息がかすかに荒れている。今日は薄く鬚の浮いている口元を、ぺろりと舐めた慈英が、あからさまに腕を上下させた。

『まいったな。いれてあげたいのに、遠い』

「じ、え……」

『欲しいでしょう、奥。……でも、きょうはさわったらだめですよ』

「なんでっ」

伸びそうなくらいに引っ張られたスウェットと下着の奥、肉のあわいのさらに深く、ひくついているすぼまりをゆるゆる撫でていた臣は、思わず半身を跳ねあげた。

『なんでもなにも。指じゃ足りないし、自分じゃうまくいかないって言ったの、あなたでしょうに』

「……そう、だけど」

『だから、きょうは、まえだけ。おれにさわられてるつもりで、握って、しごいて』

「う、うう、ひど、い……」

『臣さん』

べそをかきつつ、それでも止められずに、覚え込まされた手つきでペニスをいじる。けれど、この手は慈英のものとは大きさも、指の長さもまるで違うから、違和感ばかりでもどかしい。

『ひどいのは、あなたでしょう。突然、あんな顔をおれに、見せて』

「どっ……んな、顔とか、しらねえよ……っ」

どうせ、スケベ顔だとかそういう類いとからかうのだろう。そう思っていたのに、慈英はため息まじりにいった。

『寂しそうで、ものすごく欲しがってる顔』

「……っ」

『距離は、もどかしいですね、やっぱり』

はあ、ともう一度熱っぽいため息をついて、慈英の強い目が画面越しに見据えてくる。

（ああ、もう）

そんな目で見るから。こっそり撫でていた奥の口が、はくはく、ともの欲しそうに震えはじめる。もう両手は漏れた体液でぐしょぐしょで、指先くらいははいってしまいそうだと思う。

けれど慈英は、それを許さない。もうあとほんのすこしちからをいれたらはいる、その瞬間を見計らったかのように、言う。

『だから、臣さん、見せて。全部じゃなくていい、あなたの、許せるところまで』

「う……っ」

頭がぐらぐらした。もう完全に煮え切っている。どうかしてる、ばかなことしてる、そう思うけれど、臣は汗に湿ったシャツをたくしあげ、加減を忘れてつねったせいで赤くなった右の乳首と、下着ごとスウェットをずりおろし、掌で覆ったペニスと、濡れてもつれた下生えを、ほんの一瞬だけ腰を浮かせて、カメラへと見せつけた。

「やっぱ……やっぱり、モロにやばいのは、画面に映すのは、無理……」

この状況だって正直どうしようもないと思う。けれど、まだギリギリ、法に触れない範囲での露出だと、自分のなかの欺瞞《ぎまん》と自己嫌悪と戦いつつ、臣は恋しい男の要求に限界で応えた。

『……充分ですよ。ありがとう』

「礼とか言うな、もう、しにたい……っ」

『それは、困るな』

ははは、と笑う、喉奥に転がる声が獰猛《どうもう》で、腰の奥にどろりとしたものがわだかまる。

画面を通して、見つめあいながら性器をしごいた。滑稽で、切実で、情熱的で、どこかむなしく、それでも、──愛しているから、快を求めて、あがく。

『次にあったら、今日のぶんまで抱き潰させて』

「つぶ、すの、前提かよ……っ」

『あたりまえでしょう。こんなに……欲しがらせて』

覚悟をしておいて、と笑う目つきはやっぱり剣呑なままで、ああ、煽《あお》ってしまったなと思う。

そして、臣は無意識に、口角をあげる。

「楽しみに、して、る……っ」

『言ってなさい』

泣かせてあげます、とかすれた声が聞こえた瞬間、ぶるり、と全身に震えが走る。無意識に強まった指が、放埒《ほうらつ》寸前のそれに、とどめを刺す。

「あ、あ……っ」

腰をそらして、下着のなか、掌に摑んだものが埒をあける。純粋な射精欲求で絶頂するのはずいぶんひさしぶりな気がして、出しきればすっと熱が冷めていくのも、やはりずいぶんとなつかしい。

手近にあったティッシュで軽く拭い、簡単に始末をする。そして訪れる脱力感とクールタイムに、臣は深々とため息をついた。

「……ちょっと手、洗ってくる」

『はは。じゃあ、おれも』

さすがにリビングで、このあとのことを考えると雑な始末のままでいるのはいやだった。ワイヤレスヘッドホンをつけたままでいるため、画面は見えなくても慈英がなにをしているのかは音で察せられた。

歩いていく音。ドアを開き、閉める。水が流れる音、石鹸《せっけん》を泡だてる音。それらが微妙に響いているし、そもそも臣が洗面所にたどり着くその倍の長さ、彼は歩いているように思えた。

（広いんだろうなあ、ペントハウス）

まだ一度も訪れたことのない、アメリカ、ニューヨークの慈英のアトリエ。いつか行く機会はあるだろうかと思っているうちに、慌ただしいままの数年がすぎ、ぼやぼやしていたら彼のほうがこまめに日本に帰ってきてしまう始末。

それでも、アインのほうがあの部屋を我が物顔で出入りしている事実はいささか承服しがたいものもあるので、いつか絶対に行こうと思っている。

リビングに戻れば、案の定臣のほうがはやかった。ほったらかしたままのビールはわずかに残っていて、かたむければ喉を潤すどころか、変な酒臭さだけが口のなかに残る始末だ。

「あ、お帰り」

『ただいま』

顔をしかめて缶を握りつぶしていると、慈英が『どうしました』と問いかけてくる。

「すっきりしたけど、不完全燃焼……」

『終わるなり、それですか』

くっくっと苦笑いしながら、同じように軽く後始末をした慈英もまた、すでに平常モードになっているようだ。

「あー……風呂、はいりなおそう、かにゃ……」

言いながら、猛烈な眠さが襲ってきて語尾が溶ける。慈英は苦笑した。

『そうしてください。風邪ひかないように』

「わかった。じゃあ……そろそろ」

『はい。おやすみなさい』

したことのわりにはあっさりと、通話は終わる。さきほどまでのあれはなんだったんだという ほどの、いっそそっけないおしまい。

だが、臣はわかっている。タブレットをタップし、アプリを終了して缶ビールを片づけ、風呂に向かいながら、本当に、本当にわかっている、と内心繰り返した。

(やっっっっっちまった――……!)

臣はかつてセックス依存の気があっただけに、俗に言う賢者タイムの落ち込みが激しいほうだ。

それも、ふつうに射精しての性的快楽を味わったときほど、ひどい。

慈英に抱かれてドライで極めたときだけは、彼にとろとろにされているのと、どうも快楽の質が違うようで、多幸感が長く尾を引くため、この羞恥心《しゅうちしん》と後悔に向きあわずにすんでいる。

そして、そんな臣の精神活動を、あの男が知らないわけもないのだ。

（もう絶対、喋《しゃべ》ってれば喋るほど落ちてくのわかってるから、さっさと風呂入って寝ろって言われたんだよな……）

どこまでも臣の伴侶はよくできたひとだと思う。それだけに、いらぬことをさせてしまったというどんよりとした気分は去らない。

ただ、きっと、謝るのは慈英に対して失礼だし、彼も望んでいないと思うので——いまはとにかく再度風呂にはいって、さっさと寝るのが正しいのだ。

「はー……もう、テレフォン……じゃあないけどもう、とにかく、ああいうのは、しない！」

朝の光が満ちる風呂場に罪悪感がいや増しつつ、手早くじっとり湿った衣類を脱ぎ、髪と身体を洗い直す。

幸いまだ湯を落としていなかったので、軽く追い焚きした湯船に浸かった臣は、ゆずの香りのする入浴剤を胸いっぱいに吸いこんで、はたと気づいた。

「そういえば、あいつ来年の正月帰ってこられるのか、訊くの忘れた」

そもそもは今日の別れ際、堺《さかい》に「また秀島さんと戻ってくるなら、おまえらのぶんのおせちも用意しておく」と言われていたのだ。

「も、もう、ばかか、おれは……」

そのために話をしようと思っていたのだというのに、うっかりろくでもないことをしたあげく、肝心の用件を忘れて――。

「さいあくだ」

どっぷりと落ちこんだおかげで、賢者タイム自体からは抜けだすことができたわけだけれども、その後臣が眠りにつくにはなかなかの時間がかかってしまったのだった。

＊　＊　＊

そして、それからおよそ、一ヶ月。

新年早々、ひさしぶりの自宅のベッドで、臣は宣言されていたとおり、ねっとりと抱き潰されていた。

「そんなことで落ちこんだんですか、あのあと」

「そ、……なことて、だって、き、訊こうと思ってたのに、あっ、あぁあ……っ」

すでに二度ほど長い行為が終了しており、ふたりで使う広いベッドのシーツは、湿ってぐしゃぐしゃになっている。その端をどうにか摑み、重たい男の身体から抜けだそうとした臣は、うつぶせのまま腰を摑んで引きずり寄せられ、四つん這いどころかべったりと全身をシーツに押しつける、いわゆる寝バックの体勢のまま、奥までをまたもや奪われた。

「きゅ、休憩、ちょっと、きゅうけ」

「だめです」

「喉かわ、い、てっ、……んむ、う」

水が飲みたいと訴えたのに、くちびるをふさがれてしまう。ぬるりとした舌、あまい唾液、それも欲しいけれど、いまは違うともがいた。

「しかたないですね、ほら」

「え……」

べろりとくちびるを舐めた慈英が、ベッドサイドに置いてあったペットボトルを手渡してくる。ほっと息をついたのも束《つか》の間《ま》、蓋を開けようとする臣のことをなにもかまわず、べったりとのしかかったまま腰を動かしはじめた。

「ひっ？　え？　まっ、待って？　水、の、飲みた」

「だから、飲んで、いい、ですよ」

ふうっと長い息をついた慈英は、臣の手からペットボトルを取りあげ、腰の動きを止めないままに蓋をあけると、ごくごくとうまそうに自分が飲んでしまう。

「あぁあああ!?」

そもそもが寝そべった体勢のうえに、自分より体格のいい男にのしかかられ、あまつさえめちゃくちゃに抱かれている最中、水分のとれようはずもない。

しかもペットボトルの半分ほどを慈英は飲みきってしまって、満足そうに喉を鳴らし、腕で口元を拭う始末だ。

「ひ、ひど、慈英ちょっ、ひどいぞ、それは!?」

「冗談ですよ、はい」

差しだされたそれをひったくるなり、臣は肘で慈英の身体を押しやる。どうにか半身をひねって飲み口に口をつけ、残りを一気に飲み干した。

「ぷっは……! はー……はあ、生き返った……」

「おおげさですねえ」

「おおげさじゃないって、ほんと水くらい、飲ませろって……」

人心地つき、却《かえ》って脱力した臣はそのまま、べったりとシーツに身を預ける。水分が足りずに身体中が乾いていたようで、じわじわと全身の汗がまたふきだしてきた。

「有言実行してるだけなのに、臣さんがバテるからでしょう」

「いや……マジでおれの歳、考えて……?」

言いたくはないが、慈英よりも臣のほうが四歳もうえなのだ。見た目はそもそもあまり差はなく見えただろうけれども、こちらの体力は年々落ちている。

「そうは言いますけど、とある筋から伺ったところ、警部補さんは書類仕事いやさに現場を飛び歩いているそうで」

「……えっ」

ぎく、と臣の顔がこわばる。あの件だろうか。いやまさか知っているはずが。そう思って目をうろつかせていると、慈英の大きな手が背中をぬるりと撫でおろしていき——右脇腹に近い位置で、止まった。そして、不意にぎゅっと、つねられる。

「いってぇ！　な、なにすんだよ！」

「ほとんど色は戻ってますけどここ、けっこうな打撲だったそうですね。聴取の真っ最中に、犯人が大暴れしたとかで」

「し、しかたねえだろ、そんなハプニングじゃあ——」

「太田《おおた》さんも、若手警察官もいたっていうのに、女性に向かっていった男を止めようとして飛びついたのは、小山警部補が一番はやかったそうで？」

「それは……」

「しかも相手はナイフ持ってたんですってね？　堺さんが止めたのに聞かずに飛びだしたんだそうですね？」

「和恵《かずえ》か……和恵だな、そこまでっつうと……」

「——誰が言ったとか教えたとか、そんなことどうでもいいでしょう」

地を這うような声に、臣はびくりと身を震わせる。

「歳を考えろというなら、あなたこそいいかげん、学びましょう？」

なにが、おれを、怒らせるかを。

にっこりと笑顔で言う慈英に、臣はただただ脂汗をかき、詫びるしかない。

「ごめ、ごめんなさい慈英、ごめんって……っ」

「臣さんにはコレが一番手っ取り早いのかと、おれもようやく、学習したので」

しっかりとわかっていただきます。そう宣言した慈英は臣の正月休暇の日程、めいっぱいまで使って、『躾《しつけ》』を行った。

結果、正月明けの初出勤の臣はずいぶんと疲れた様子でいたため、「休みもらってなかったのか？」などと一部の同僚には同情される羽目になったりもした。

そして、久々の逢瀬をもっとあまい空気で味わいたかったというのに、自業自得で泣きわめく羽目になるまでの本気の『お説教』を受けた臣はといえば——。

（まあ、あれはあれで悪くなかったけど、次はばれないようにしねえとなあ）

……と、さして懲りたふうでもなく、それすらも見越した慈英に深々と、ため息をつかせるのであった。

刑事は深夜にタヌキとクマに絡まれる

信州の冬は厳しいと思われがちだが、じつは地域差が激しい。日本列島に沿うような細長い地形で、緯度にして二度も差があるため、南端と北端では温度差もある。

そして小山臣は現在、県庁所在地である北側の市に住んでいる。県内でも気温の低いほうの地域にはいるわけだが、数年間、県内でもかなりの僻地《へきち》、雪深い山奥の駐在所暮らしだったため、市内の寒さなどなにほどのものだ。

「毎朝、朝イチで一メートル級の雪かきしなきゃ、玄関出られない状態に比べりゃ、楽勝」

「さすがに市内じゃそこまではねえけどよ……」

歳末警戒の時期、街には制服の警察官たちの姿があちこちで見かけられる。浮き足だつ師走《しわす》、例年ながら犯罪件数も増える年末年始の対応策として、警邏《けいら》を増員するからだ。

基本的には交通課がメインで、刑事課の人員が見回りに駆りだされることはないのだが、増加する犯罪の質は選ばれるわけではない。

また寒い時期ということは、つまり雪の被害にも遭いやすい。たのむから遭難者が出てくれるなと、山岳安全対策課は当然ながらぴりついている。

「まあ、思えば山岳の世話にならんかったのはラッキーだったなと」

「洒落《しゃれ》んならんことを言うな、よけい寒いわ。あとあんなど田舎《いなか》で、なんで本部が出張る事件に何度も巻きこまれてんだよ、おまえは」

「アハハハ」

巡査時代からの同期である太田に突っこまれても、乾いた笑いを浮かべるしかない。自分が聞きたいのだ、そんなことは。

「けど最近はだいぶ大人しいか？　やっぱ大人になったのか」

「いや、事件が寄ってくるのおれのせいみたいに言われても……」

「まあでもあれな、指輪の相手ができてからかな？」

さらりと言う太田の言葉に、臣は一瞬口をつぐみ、じろりとにらんだ。

「うるせえぞ、独り身」

「ちょっとまえまでおまえも独り身だったろうが！」

山奥の駐在所から市内の所轄署に再度の配属になったのち、むろんのこと古い顔ぶれとも再会している。そしてその際、同期や、かつて懇意にしていた交通課の女性警察官、三並淳子《みなみじゅんこ》などを中心にして、一斉に噂《うわさ》になったのだ。

『あの小山臣が、指輪をはめた』

市内への配属当初はそうした詮索をされないために、伴侶と揃《そろ》いのリングはネックレスにとおして身につけていたのだが、そこは警察官だらけの職場だ。ふとした瞬間衿元をゆるめたり、着替えの際などに見つけられ、あっという間に広まった。

臣としては、あの田舎町よりは詮索が激しくないので、現在の職場においてはもうかまわないかと、左手にはめるときもある。とはいえ捕り物など傷がついたらまずい場面もあるので、結局はネックレスにして大事にしまっている。

しばらくはそわそわと伺うものも多かったのだが、次のひとことで、表だっての詮索は、皆控えてくれた。

――事情があって、内縁関係なんだ。海外にいるし、一緒に暮らしてもいない。

聞かされたのはそれこそ、山盛りに『世間の事情』を知り抜いた警察官らだ。めいめいが納得のいく想像をしたらしく、本人がいいならそれで、と深くは聞かないでくれている。

それもこれも、いろんな偶然が重なって、面倒を回避できたこともある。

伴侶、秀島慈英との養子縁組届けについては、あちらが臣の籍にはいる形をとったため、臣としてはなんら変化はなかった。保証人には慈英のいとこである照映と堺がなってくれたし、改名が必須なのはすべて年下の慈英のほう。幸いにしてというか、彼は画家であり、世間的には『雅号』として通す。また入籍後すぐに渡米することになったため、役所関係の書類はこれも、新規の苗字《みょうじ》で申請。

結果、臣と慈英が『結婚』したことを知るのは、本当に『身内』レベルの人間ばかりだ。

それでも、そこそこ親しい相手には、いまのように深くツッコミすぎない程度のからかいを向けられることもある。

「幸せならおこぼれくれよぉ、どこで出会えるんだよお」

「くっそ忙しいからな、この仕事……そういえば合コンどうなったんだよ」

「事件はいって潰れてドタキャンだよ、くそが」

太田のこれに、悪意はない。いわゆる新婚へのからかい程度のもので、むしろ彼のようにおおらかだからこそ、口にできるのだろう。

臣もわかっているから、ごくふつうに、すげない返答ができるのだ。

「つかどうでもいいだろそんな話は」

「どうでもいい話でもしてねえと、口が凍りそうなんだよ！」

太田が、柔道選手らしい大柄な身体をぶるると震わせる。制服警官ではないので、支給品のコートではなくダウンジャケットを身に纏《まと》っているが、それでも寒いものは寒いのだろう。

「おまえのコート、ぬくそうだな……」

「いただきものでな」

臣もまた、恋人が送ってくれたカシミヤのロングコートに革手袋と、一見は洒落ているが防寒性にすぐれたスタイルだ。ニューヨークの冬もなかなか厳しく、氷点下十度以下になることもまあるそうで、オシャレであたたかい服を探して贈ってくれた。

「海外のやつなんで、めっちゃぬくい」

「うらやましい……くっそ、ちょっとコーヒー買ってくる」

「おれのも頼む」

　ぶるると震えた太田が、通り向かいのコンビニへと走って行った。寒気がするのは、おそらくろくに食事もとれていないまま、深夜になったからだろう。

（腹減ったなあ……）

　深夜一時というこのいま、臣がいるのは、市内でも大きめの繁華街。若者のたむろするクラブで、酔客同士のケンカがエスカレートし、十数人の負傷者が出た。ひとりは重傷で、さきほど救急搬送されていったところである。

　それこそ警邏に出ていた面々もかき集め、ハコまるごとの聴取だ。その場にいる面々で、無事なものには話を聞き、そうでないものは手当や病院の手配をしながら、後日の連絡先を訊きだすなど、とにかく時間がかかっている。

　そして現場対応をしている若手の報告を聞くのが、現在の臣の立場で、つまりは寒いなか、ひたすらじっと、待ちの状態というわけだ。

　車のなかで待つのも不可能ではないが、部下たちが頑張っているのにぬくぬくする上司を、自分が若いころどう見ていたかと考えると、せめて一緒に待つくらいは、と思うのだ。

　そしてそもそも、臣の若いころの上司は、といえば。

「おーい、臣。鑑識、終わったってよ」

「おっ、ありがとうございます。……っていうか警部が自分から動かんでくださいよ、堺さん」

山奥の駐在所での任期を終え、市内へ異動と同時に警部補に昇進した臣は、いまは一応部下がいる立場である。しかし、その臣より上にいる堺が、この場の誰よりフットワークが軽いのだ。

「ほんっと変わらんですね。寒いなかいると、また腰やりますよ」

「はっは。いまはむかしよりもいいもんがあるんだぞ。見ろ！」

自慢げにコートを開く堺は、まるで子どものようににこにこしている。

「電熱式のヒーターベストだ。あったかいぞう。さわってみろ」

言っているうちに、ホットのコーヒー缶を袋にごっそり、そしてポケットにも詰めこんでぱんぱんになった太田が戻ってくる。

「ちょっ、堺さん、さわらして。……オワー、まじだ。あったかい」

「来るときに車のなかで充電してきたんだぞぉ」

「いいなあ、おれ買おうかなあ」

体格のわりに寒がりらしい太田は缶コーヒーを臣に押しつけ、堺の腹回りに手を突っこんで暖を取っていた。

「そんなにコートのまえ開けてたら、冷えますよ」

「それもそうだな」

臣の指摘にあっさり「おしまい」と言って堺はコートのまえボタンを留めてしまう。残念そうな顔をする太田に、押しつけられた缶コーヒーのうちの一本だけを取って、あとは返してやった。堺もそのうちの一本を取り、同時にプルタブをあける。

「……で、どうですか」

「おん。まあ、アタリだ。ポッケにお薬いれとった」

湯気はたっているが、どんどん冷めていく缶コーヒーで口を湿らせ、堺は言った。やはりと臣は顔をしかめ、言う。

「組対《ソタイ》案件すか」

「なんならお役人さんもお出張りだ」

「うえええええ」

薬物関連となると、警察《こちら》では組織対策犯罪課、ことによっては厚生労働省麻薬取締部の管轄になる。同じく犯罪に関しての取締をする間であり、組対でもマトリでも連携してスムーズに仕事を進めればいいものを、どうしてかうまくいかない。

「ってわけで、あの子らの聴取すんだらおれらは撤収だ」

「そんで、あとで資料ぜんぶよこせとか言ってくるんでしょ、あいつら」

一番面倒なところをやったのはこちらなのに、と太田は憤るが、事件の性質上しかたのないことでもある。

「重傷者まで出ちまってるからな。あの見境のなさは正気じゃないわな。自分の腕が折れてるってのに、クソ重たい備品持ちあげて振りまわしてたってよ」

「そこまでイっちゃってましたか」

唯一救急搬送された重傷者が、事の発端である薬物依存症だった。堺ははっきり言わなかったが、折れた腕でそれでも重量のある備品――クラブの観葉植物やスピーカーなどの機材を振りまわしては投げていたので、折れた骨が腕から突き出る有様になっていた。

「あとはとにかく、泣いてるお嬢ちゃんぼっちゃんら、住所氏名聞いておうちに帰すお仕事からだ」

「いらん遊びしてるのがいないといいですがね」

「ヤバイのよってくるハコじゃあ、どうかなあ……」

ぼそりと漏らした太田の尻を、臣が「こら」と蹴る。

「あのひとたちは、被害者なんだ。それをわかってちゃんと接してやれ」

「……わかってますって」

うなずいて、太田は、すすり泣く若者たちのいるほうへと向かっていった。

同期とはいえ、この場にいるなかで太田が一番階級が下だ。かつての臣と同じく試験がきらいで苦手で、現場を駆けまわっているほうが向いていると、なかなか上にいきたがらない。

そんな不器用な男の手には大量の缶コーヒーがはいった袋があって、彼がなんのために買ってきたのか、堺も臣も知っている。

「やさしすぎて、損しますよね、あいつ」

「ほんとにな」

太田が缶コーヒーを配って歩く。聴取に当たっている人員だけでなく、寒いなか怪我をさせられ、泣いて怯《おび》えている若者や女性――というより少女や、少年らにも。驚いて、ほっとした顔をするもの、戸惑うもの、泣きだすもの。反応はさまざまだが、凍える事件の一幕に、こういうものがあってもいいだろう、と臣は思う。

「っていうか、あの缶コーヒー代、出したのだろ、臣」

「……なんっのことですかね～」

こいつめ、と堺は苦笑する。そっぽを向いてへたくそな口笛を吹いてみせつつ、このやりかたが堺から踏襲したものであるなどとは、口にしなかった。

「怒られたらどうする」

ごくわずかに、苦い声で堺が言った。彼の長い刑事人生のなかでも、いまがおそらく一番規範にうるさい。被害者にちょっとした情をかけるのもむずかしい、ややこしい時代だ。

それでも。

「ひとにやさしくした罪《ざい》とか、おかしいでしょ」

「臣……」

「そういう情のおかげでおれは、ここにいるんで。だから、怒られるなら、おれが」

してもらったぶんも引き受けていきますと言外に告げれば、堺はあきれた顔をする。

「……おまえが怒られたら結果、おれもとばっちりを食うんだが？」

「てへっ」

「てへじゃないわもう、このばかもんが！」

叱る言葉は強いけれど、顔が笑ってしまっている。そんなんじゃ、台無しですよと思うけれども、缶コーヒーを配り終えた太田がカラの袋を手に、もう片方の手をぶんぶん振りながらこちらへとやってきたので、臣はそれを言わずにすんだ。

「どうした？」

「あっちの、あの子。運ばれてったやつにナンパされて絡まれて、断ったらキレて暴れだしたって。で、無理やり押しつけられたものがある、って」

堺と臣が同時に、太田の示したほうを見る。そこでは、この場の誰より泣きじゃくり、ほとんどひきつけを起こすのでは――と心配されていた女性が、缶コーヒーを握りしめ、すすり泣き程度に落ちついているのが見えた。

二十歳くらいだろうか、メイクは崩れているけれど、品のいい美人だというのはわかる。

「自分、なにに巻きこまれたんだろうって怖くて、泣くしかできなかったそうで……おれより、小山警部補のほうが顔いいし、これ以上の話はそっちがって――」

「いや、そりゃ、おまえだから話したんだろうよ」

「そ、そうか？　で、でも」

泣きはらした彼女がじっと見ているのは太田の広い背中だ。誰がなにを言ってもヒステリックに泣いて止まらなかったのを、缶コーヒーと情にあふれる笑顔でなだめたのは、このクマのような同期なのだ。

「ひとつ教えておくぞ、太田。臣のツラはな、一部には受けるが、一部には苦手にされる」

「えっ、なんで？　イケメンなのに」

「……女性にはな、イケメンこそ警戒して、絶対に信じないって人種がいるんだ……」

特にああいう、男性から被害に遭った、ないし遭いかけた場合はそれが顕著だ。救急搬送されていった主犯格は、薬物でひどい表情をしていたが、もとの造りはおそらく整っていたほうだろうし、身なりも洒落ていた。

「そんなわけでおれは逆効果。がんばれ、森のくまさん」

「それやめろっつの！　……ったく、手に負えなかったら代われよ小山！」

「いまは上司だぞーう」

「くそが！　小山さんさまよぉ！」

どすどすと足を踏みならして、ふたたび戻っていく太田に臣はにやにやと笑った。

森のくまさん。警察学校時代についたという太田のあだ名だ。元ネタは有名な童謡。凶暴なはずの熊なのに、逃げだした少女を追いかけ、落とし物を差しだし、お礼に歌ったり踊ったりする。見かけはいかつく、実際に力業では誰も勝てない太田だが、心根のやさしさがあの『くまさん』にぴったりだと言われていた。

「そういや、山岳の連中が、じっさいの熊も太田みたいだったらなあ、ってぼやいてました」

「無茶言うんじゃないわ。まーた山側じゃあ、市街地にも目撃情報出てきたってのに」

「まあでもほら、おれの駐在所時代よりは害獣とのエンカウント率低いんで……」

臣がぼそりと言うと「ああ……」と堺も苦笑する。

あの山奥では、森にはいれば熊の爪痕などあちこちにあったし、その後遊びに行った際には、祭りの最中に巨大な猪《いのしし》と出くわしたこともある。軽トラで仕留めたあと振る舞われた豚汁ならぬシシ汁は野趣あふれる肉のうまみが出て大変美味ではあったが、心臓が縮む思いをしたのもたしかだ。

「なんにつけ、平和が一番なんだがなあ」

「それ言ったらおれらの仕事もなくなりますがね」

「暇なくらいでいいんだよ……っお？　なんか訊けたか」

鑑識が軽く手をあげ、堺と臣を呼ぶ。結果、太田に話を打ち明けた彼女から預かったものが危険ドラッグどころか、純度の高いヘロインであったことが判明。臣はうんざりと顔を歪《ゆが》めた。堺が声を張りあげる。

「誰か組対に連絡いれたかぁ？」

「あ、自分がもう、はい」

「そっか。あと頼むわ……おぅい、臣、引き継ぎよろしくな」

「はぁ!?　おれ!?」

「頼んますよぉ、小山警部補」

ニタアと笑う堺の目は『中間管理職の悲哀を知れ』と語っている。太田を見れば、泣き疲れた女性のケアに当たっているためどうしようもない。

引き継ぎ……このカオスな状況をとりまとめて書類作って、このあとくるだろう麻薬関連の部署の連中に申し送りをして、厚労省の麻薬取締部にも連絡、それから——。

「め、めんどくさいぃぃいい……」

「それが、おまえの、お仕事だ」

肉厚の手に手袋を嵌《は》め、さらにもこもこになった堺が肩をばふばふと叩いてくる。そして、戻ってきた太田もまたニタニタと笑いながら「お疲れ様です、小山警部補」と背中をばしばし叩いてきた。

「小山警部補、ほぉら、書類が、報告が、やってくるぞぉ」

「ヤメテ……」

迷惑をかけ続けた上司が、本当に嬉しそうに、臣へと笑いかけてくる。そう言う自身は、もっと面倒でもっと厄介なアレコレに関わらざるを得ないのだろうけれども。

着ぶくれタヌキのような上司とクマのような同期に囲まれ、うぞうぞと群れる聴取の人混みを見て、臣は思う。

「これ、山んなかのほうが、平和だったんじゃね……？」

リアル熊、リアル狸《たぬき》、リアル猪に囲まれていたあの日々を心から懐かしく思う。

急勾配の山道を自転車で警邏していたほうが、よほど性に合っていた、と。


結果としてその日、臣が自宅に戻れたのは、朝の五時近い時刻となる。

理性をなくしたまま、恋人であり伴侶である男への通話をつなげてしまったのは、ひとえに疲れ果てていたせいなのであると――言い訳をしたい。

ラノベ作家は年末進行で夢も見ない

数年前まで、灰汁島《あくしま》セイにとってクリスマスや年末というのは、単に〆切《しめきり》が早まってしまうえに賑わう町並みに孤独感を味わわされる、地獄のような季節だった。

非モテのオタクにありがちなとおり、クリスマス撲滅委員会にはきっちり参加していたし、リア充飛散爆発すべし慈悲はない、と常々ネットで毒を吐いている側だった。

それがいまは、どうだろうか。

【毎度のことで忙しいと思うし、おれもテレビの収録はあるんだけど、生放送じゃないから夜は空いているので】

今年のクリスマスは、ちょろっと会えませんか。

――と、なんの奇蹟《きせき》か恋人になってくれて、しかも年単位でおつきあいが継続している大人気の俳優、瓜生衣沙《うりゅういさ》のお誘いメッセージが、灰汁島のスマホに届いている。

じつのところ、二年連続でクリスマスは会えなかった。一年目は灰汁島が、アニメ化関連で例年以上のドがつく修羅場、二年目も同じくだが、瓜生のほうも地方公演などでスケジュールがあわず、そしてようやくの今年である。

じつのところ、三年目といえば中だるみの時期だとか、恋が終わりになる時期だとか言われるわけなのだが、灰汁島と瓜生の場合はなにしろ、リアルで顔をあわせる時間が非常に、少ない。人気商売で、舞台にテレビ、ラジオにと、全国どころか場合によっては海外にも出ていくことのある瓜生は、当然ながらとても忙しい。

そして灰汁島は灰汁島で、ありがたいことにこの数年、メディア化の話が止まらず、それに伴って執筆量も倍増。

ひたすらに原稿を書いて、気づけば季節が変わっていた、などということはむかしからざらにあるのだが、ここのところそれがさらにすさまじくなった。

担当編集の早坂《はやさか》は、忙しすぎるのもよくないとかなり調整してくれているのだが、灰汁島のほうが逆に「こんな忙しさはいまだけだろうし」と、いろいろ引き受けているところもある。

そしてふつう、多忙にかまけて恋人をかまっていられない、よしんば会えても外でデートなぞろくにできないとなれば、不満や別れのきっかけになろうものだが、灰汁島と瓜生の場合は違った。

まず、多忙がゆえに相手に連絡ができなくても「忙しいんだろうな」ですんでしまう――というより、自分が忙しすぎて応対できない状況はお互い様なので、無理をせずにすりあわせをしよう、という相互理解があった。

さらに、瓜生がそもそもといえば『灰汁島セイ』という作家の大ファン、というかもはや信者レベルであるため、自分自身と関わることで灰汁島の仕事に影響が出るなどというのは言語道断、という強い信念がある。そのため、すべてにおいて灰汁島の事情を優先するのが彼のデフォルト。

さらに、瓜生自身のほうが顔バレが激しいため、やたらに出かけるというのもリスキーなうえに、言ったように作家とそのファンのとりあわせ。結果、自宅で仕事をしている灰汁島の横で、彼の著書を読んだり部屋でのんびりしたり、という「おうちデート」が、瓜生にとって「これ以上ないファンサ」になってしまう。

そしてつきあう前から、オタクキャラで受けていた瓜生は各種メディアで『灰汁島愛』を語りに語り抜いていたため、世界の中心で愛を叫んでもまったく誰も気にしない。

そんな、割れ鍋に綴《と》じ蓋としか言いようのない最高の相性がゆえに、ふたりの交際は誰にもバレることなく、平和に、穏やかに続いていたわけだが。

「クリスマスかあ～」

オタクらしく、シーズナルイベントはそれなりに、というかそこそこ、いやじつはかなり、気にするし好きだったりする灰汁島だ。

そしてそれは、瓜生も同じくだったりする。

【よかったら、ケーキくらいは一緒に食べられないかと思って、じつは用意してます。通販で、当日先生の家に届くように送っていいですか？】

文面ではだいぶ控えめにしてくれているけれど、彼もテンションはかなりあがっている。なにしろアニメーションスタンプが文面の前後で浮かれきって踊っているのだから、わからないわけがない。

【もちろん、いいですよ。ぼくも仕事きちんと終わるように頑張っておきます】

どんなに前倒しにしようとしても、なかなかままならないのが原稿の進捗《しんちょく》だ。きちんきちんと自分を律して、スケジュールどおりきっちりとあげていくタイプの作家も世の中にたくさんいるのは知っているが、灰汁島は降りてこないと書けないタイプだ。

文字を綴ることはできても、そこに魂が入っていないと、まったく筋道が見えなくなる。ゲシュタルト崩壊した作品は結局ボツにすることも多い。

デビュー直後に反りの合わない担当、結木《ゆうき》に〆切厳守を誓わされ、それは社会人としてはむろん当然なのだが——のちに、ライトノベル業界において、脱稿から発行まで半年から一年以上も時間があって「原稿が遅い」と罵られるのは異常事態であるのだと、知った。

(まあ、アノヒトのことはもういいいや)

灰汁島が直接引導を渡してからは本当にアクセスしてこなくなったし、どこか知らないところで平和に生きていてくれるならそれでいい。

ともあれ、クリスマス本番に向けて、なんとしてでも終わらせなければと、灰汁島は愛機であるノートPCを開き、エディターを起動させた。

＊　＊　＊

そして、気合いだけで原稿が書きあがるなら、世の編集も作家も、苦労しないわけである。

しっかり終わらせて、着替えて、できれば部屋も掃除してから瓜生を迎えたかったのに、灰汁島ができたのは、言われたとおり通販で届いた有名店のケーキをクール便で受けとり、解凍するため、冷蔵庫にしまっておくことだけだった。

「もうほんと、ごめ……ごめんね……」

「だから、先生は気にしないでってば」

半べそになりつつ、灰汁島はキーを叩く手を止めない。昨日の夜、ほぼ脱稿した原稿を読み直していたら、急にいままでの展開がしっくりこなくなり、大幅に書き直したのでこんなことになってしまった。

（なんで思いついちゃったんだよ……）

申し訳なくて情けないのに、瓜生はにこにこしながら「紅茶淹《い》れますね」と、もうだいぶ勝手知ったる状態になってきた灰汁島の部屋の台所でぱたぱたと動き回っている。

「むしろおれとしては、クリスマスに年末進行の先生拝んで、リアルタイムでできあがる原稿を知るっていうのがもう……最高……」

これが慰めでなく本気なのは、うっとりと色っぽい顔つきでわかる。ありがたいけれど複雑で、灰汁島は「ほんとにすみません」と言うしかない。

「あの、じゃあ先に読む？」

「ンッ……それは、……いいです。それ、お仕事のでしょ？」

本当はめちゃくちゃに読みたいけど、と瓜生は顔をくしゃくしゃに歪めて、毎度の答えを口にした。

「灰汁島セイ作品は世界で一番に読みたいけど、書店で新作を手に取る喜びが減るのはつらいのでッ……」

「そ、そうか」

「もう、その神作が生まれる現場に立ち会えているだけで至福なので！　おれのことは気にせずにどうぞ！」

「わ、わかった」

ともあれいまは、一秒でもはやく原稿が終わるように集中しよう。予定ではあと数ページ。もうあとちょっと、と思った灰汁島は、自身が脳直状態になっていることの自覚がいささか薄いまま、口を開いてしまった。

「ねえ、イサくん。終わったら食べたいです」

「はあい？　あ、ケーキ……じゃなくてご飯？　軽くなら、なんかおれ作る？」

「じゃなくて、イサくん食べたいです。チューしたい」

沈黙が流れ、そのあとに「ヴェッ！」と、瓜生が珍妙な声を出す。そしてその反応で、灰汁島は自分がなにを言ったかようやく、理解した。

「アッ、ご、ごめん」

「ああ、あの、謝ることではないので」

「いやでもほんとに、ちょっと脳内垂れ流しすぎたごめん」

さすがにうろたえて目を泳がせると、赤くなったままの瓜生が首をかしげ、そーっと近づいてくる。

そして、仕事机に向かったままの灰汁島の背中にぺたりとひっつき、言った。

「……いま、味見する？」

灰汁島は胸が苦しかった。相変わらず自分の恋人は、かわいくてきれいであざとい。

だが、それがいい。

「する」

食い気味に答えた灰汁島へ、んふふと笑った瓜生は「先生がんばれ〜」と言いながら、本当に味見程度のかわいいキスをくれた。

ほっぺに。

「残りは終わってからのお楽しみということで」

「……ガンバリマス！」

かくして、クリスマスの夜は更け、どうにか日付が変わる前にデータを提出した灰汁島へ、待機中だった担当の早坂が【お疲れさまでした、メリークリスマス！】というめちゃくちゃ短いメールを返してきた。

最後のスパートをかけられたのが、天下の瓜生衣沙のおかげであることを、早坂が知る日はきっと、来ない。

つむぐ幸福論

年々、暑さを増していく夏。緑豊かな北信の町でもそれは例外ではなく、連日うだるような熱気にあてられている。ニュースは熱中症、脱水症の危険を繰り返し訴え、元気なのは蟬《せみ》の鳴き声くらいなものか。

そんななか、とある市街地の一軒家では、ばたばたと忙《せわ》しない音、そして声が響き渡る。

「ちょっと臣にいちゃん！　雑に運ばないでよ、埃《ほこり》がたつじゃない！」

「ええ……そんなつもりねえんだけど」

「つもりはなくても雑なのよ！　あっもうそんな重ねて一気にいかない、ひとつずつ！」

公休の申請がとおった休日、昼下がり。なんとか連休をもぎとり、長年放置し続けていた自宅の片づけと大掃除を行う小山臣は、話を聞くや応援に駆けつけてくれた上司の娘、堺和恵に小言を言われていた。

「だいたい、ここにあるもの秀島さんのなんでしょ？　高価なものだったらどうするの！」

「う、それは、ハイ」

臣は素直に、重ね持ちしていたダンボールをいったん床に置く。高価、といっても宝飾品などの類いというわけではなく、持ち主である秀島慈英の『作品』の可能性があるためだ。長い間米国へ拠点を移していた臣の伴侶である彼は、現在では世界的なアーティストとしてその道では名を馳《は》せている。

「まあ、言うて本人、どうでもいいって言いそうだけど」

「本人はそうでも、画廊のひととかエージェントさんとかは違うでしょ。……わたしになにげなーくくれたちっちゃい額装した絵、ギャラリーでの値段に腰抜けたし、オークションに出てるの見たときは魂消《たまげ》るってこういうことかと思ったわよ」

臣が荷物を運んだあと、空いた空間を手早く掃除しながら和恵がしみじみ言う。

「世界にはものすごくお金がある人がいるんだなーって思った。秀島さんもそういう世界の住人なんだなあって」

「あ、でもオークションでついた価格って、作家にはビタイチ、はいらねえんだってよ」

「そうなの!?　あ、でも、直接売るんじゃなくって競売なんだから、そりゃそうか」

「箔付《はくづ》けにはなるらしいけどな。……つっても」

一息ついて、臣は積みあがったダンボールを眺める。

「慈英のことだから、描き終えたもんにはあんま興味なさそうで」

「これ全部、アインさんのところに送るんだっけ」

「そうそう。学生時代の素描とかも入ってるらしい。展示会で使うんだってさ」

完成した絵画作品を並べるだけではなく、アトリエをイメージしたディスプレイを設置、当時の制作風景を再現する、らしい。

「慈英いわく『そんなに毎度、整頓された状態でやってないんですが』だってよ」

「あっはは。秀島さん、気が向いたらそこらに座り込んで描くもんね」

「まあ、イメージ戦略ってやつかなあ。……っと、よし、言われたぶんこれでおしまい！」

あとは、慈英のエージェントであるアイン・ブラックマンと、若いころから懇意にしており、日本での窓口ともなっている御崎《みさき》画廊の担当者が手配した専門業者が運びだしに来る手はずだ。美術品の梱包《こんぽう》は臣や和恵のような素人がさわると、トンチンカンなことをしてキズをつけたりしかねないので、プライベートゾーンからの運びだしまででいい、と言われ、ひとまず玄関脇の空き部屋に押しこんでおく。

「おしまいかな。ひとまずお疲れ！」

「こっちもオッケー。お疲れさまでした！」

臣が移動させたあとのこまごました片づけや掃除を担当していた和恵もたちあがり、大きく伸びをした。

「あー、片づいた！　にしても案外広いね、この部屋」

「ものがなくなるとな。でもきっとまた一瞬で埋まるぞ」

近い未来の予想図を口にして、くすりと笑った臣は肩にかけていたタオルで顔を拭う。その顔をじっと見あげる和恵に「なに？」と首をかしげた。

「いや。しかし、それにしてもバッサリいったなと思って」

これ、と和恵は自分の前髪をつまんでみた。臣は「ああ」と苦笑し、タオルでゴシゴシと頭ごと拭いてみせる。ベリーショートにしたのはつい先週のことだった。

「なんかもう、あちぃし、頭だけでもすっきりしたくてな。あと、あんまり髪撫でつけてると生え際……つってきたの、おまえのお父さんだぞ」

「うちのお父さんは臣にいちゃんの年齢のころにはもう前線後退どころじゃなかったよ」

上司、堺の言《げん》を受ければ、実の娘が非情なことを言う。思わず額を撫でた臣に「心配しなくても大丈夫なのに」とあきれ笑いが返された。

「あれ、でもその髪型なんか覚えある」

「だいっぶむかしに、まだ駐在所にいたころ一瞬切ったんだよ。着任そうそうだったかな」

なつかしい、とツンツンする髪を撫でて、臣は笑う。

＊　＊　＊

駐在所へ向かったあの日、じゃわじゃわと、夏虫の声がやたらやかましかったのを覚えている。

緑が濃く、空気も澄みきっていて、一呼吸するだけで酸素が身体中に染み渡るような感覚があった。

山間《やまあい》とあって市内よりも涼しいと言えば涼しいが、季節は夏。そのときの臣は、異動となった職場である駐在所兼住居に荷物を移している真っ最中とあって、全身を汗まみれにしながら動き回っていた。

「やっぱ、嶋木《しまき》か太田にでも手伝い頼めばよかったかな〜……狭いし、当面の荷物だけだし、たいしたことねえから、とか言っちゃったけど」

とはいえ、市内からこちらまでは車で二時間、往復四時間の距離になる。後輩や同期も忙しいのは知っている。休日とはいえさすがにその距離を手伝いに来いとは言いづらい。しかし、衣類や生活雑貨だけでもそこそこあるうえ、昇進試験のためのテキストや仕事関連の資料も案外とばかにできない量だった。

「今回は慈英に頼めねえしなあ……」

いま思えば、悪あがきもいいところだが、駐在所異動になった臣と慈英は、その町では当初、初対面を装っていた。

当時はまだ同性同士の恋愛に対して世間の目がそれほどひらけておらず、慈英との関係に開き直れていなかった臣は、ついてきてくれるという彼に対して、あくまで「同時期に引っ越してたまたま知り合った」という体でいきたいというわがままを言っていた。

臣に先駆けてこの町へ引っ越していた慈英とも、だからせいぜい「ご近所です」という挨拶《あいさつ》をした程度、ということになっている。

それでも、過疎地帯の『村』といっていいほど小さな集落で、二十代から三十代などはまだまだ若く、大抵は市内へ働き場を求めて出て行ってしまうため、その存在はひどく目だつ。むろん、顔見知り程度だろうとこの狭い田舎町では助けあうのもあたりまえだ。人手を借りたいと言えば、特に問題なく手伝ってもらうことは可能だろうけれども——。

(ばれて、なんか変な目で見られたら……おれはよくても、あいつが)

これから次の辞令がおりるまで最低でも一年、場合によって数年は過ごさねばならない狭いコミュニティだ。ひとたび悪目だちしたら、それこそ針のむしろになりかねない。

要するに臣の自意識過剰による自業自得とばかりは、言いきれないものがある。もう少し町に馴染《なじ》むまでは、ある程度距離を置いておかねばと、みずからに言い聞かせる。

「しゃあねえ。言ったってひとりだ、やるしか、ねえんだけど、なっ」

ぼやきつつ息を切らして肉体労働にいそしめば、玉のような汗がぼたぼたと落ちていく。ひとり、荷物をあげおろししながら、肩にかけたタオルで口元を拭いた、そんな瞬間だ。

ひょこりと、駐在所の入り口に小柄な影がさした。

「なぁんだね。今度の駐在さんはおんなしょみたいなアタマして」

濃いめの信州弁に、一瞬めんくらった。言い放ったのは、駐在の挨拶に伺った際の、近隣で農作業をしていたうちのひとりの女性。

洗いざらしの髪をセットすらしておらず、前髪ははらはらとこぼれるままだ。

「え、っとこんにちは。新しく駐在になりました、小山臣と申します。今後ともよろしくお願い申しあげます。ご近所の方でしょうか？」

「はいよ、よろしくねえ。そこらに住んでるもんだよ」

にこり、とする彼女から、特に悪感情は見受けられない。手ぬぐいで白髪をまとめた彼女を、臣はのちに『大月《おおつき》のおばあちゃん』と呼ばれる、この町でも慕うものの多い刀自《とじ》だと知るが、このときは突然のそれに、ただ、目をしばたたかせるばかりだった。

じっと、汗で束になりかけている臣の髪を見ている彼女の視線と言葉に、臣は頭へと手をやる。

「……長いですかね、髪」

「長いねえ。目にはいりそうだし、邪魔じゃねえかい」

一応、臣の髪はショートヘアの部類に入るとは思う。ただ、顔がどうあってもコワモテとは言いづらいため、仕事にあたる際には少しでも硬い印象をつけようと前髪をあげていた。整髪料で撫でつけたりしていたわけだが、それにはそれなりの前髪の長さも必要になる。

だが、これからすごすこの小さな町では、駐在員として勤めるわけで、久々の制服に制帽姿だ。そしてここしばらくは異動にまつわるあれこれ、引っ越し準備もむろん加わり、ヘアカットに行っていなかったのもじっさい。

（どうせ、帽子だしなあ）

しめった前髪を指でつまんでこより、ふむ、と臣は首をかしげた。

「おばあちゃん、この辺で床屋さんって、どこにありますか？」

＊　＊　＊

「それでいきなり五分刈りって、思い切りよすぎない？」

懐かしい思い出話を聞かされた和恵が、呆れたように言う。

「ベリーショートと言ってくれよ」

「いや、床屋のおっちゃんがバリカンで刈ったんでしょ。五分刈りだわ」

「……五分刈り？　って言うのかな、あれは」

ちょっと休憩、と和恵が淹れてきてくれた麦茶を受け取り、喉を潤す。とたん、また汗が噴きだしてきて、本当に暑いな、と息をついた。

「いや、でも臣にいちゃん、ちょっとその勢い任せで行動するの反省しなよ。秀島さん、じつはショック受けてたからね、そんとき」

「え？　そうなの？」

まったく知らなかった。目をまるくする臣に「秀島さんもあまいんだから」と和恵はため息をつく。ちなみに彼女は、高校生当時から慈英とは長くメル友であり、現在もＳＮＳやチャットアプリ系でつながっている。

臣はひそかに、ものすごくプライベートな部分で慈英と一番仲のいい友人なのは、和恵なのではなかろうかと思っていたりする。そして彼ら共通の話題といえば、その臣なのだ。

「あの美意識高いひとが、ガタガタの五分刈りを許せると思う？　けっこうな長文で嘆いてたよ」

「……いや、だって当時、なんも言われなかったし……ん？」

当時十八かそこらの年下女子相手に、なにをやっているのだろうか。恋人の思いもよらないエピソードにいささか面くらいながらも、記憶を掘り返して、臣は首をかしげる。

「いや、……いや違うな、そういえば床屋から戻ったあとだ、あれ」

長いこと忘れていたそれがよみがえり、じわじわと頬が赤くなっていく。

怪訝《けげん》な顔をする和恵に、なんでもないとかぶりを振りながらも、臣の意識はまた当時へと向かう。

＊　　＊　　＊

——こちらがつい最近、東京のほうから引っ越してきた、画家の先生だ。駐在さんとも、年の近いもん同士、仲良くなれるんじゃないかい。

ほんの昨日、そんな形で、青年団の団長でありこの町の顔役でもある丸山浩三《まるやまこうぞう》から紹介された画家の先生は、町で唯一の理髪店から出てきた臣の顔を見るなり、固まっていた。

「……臣さん？」

「……慈英、素が出てる」

ぼそりと小さな声で咎めれば、あわてて「駐在さん」と言い直すけれど、その視線は盛大に泳いでいる。

「えっと、こんにちは。先生はなにしてたんです？」

「いや……買い出しに……」

理髪店の付近には、町の商店街——『中《なか》』と呼ばれる通りがあり、生活雑貨や食品、その他の個人商店が多くある。言葉どおり、彼の手にはその日の食材だろう野菜類が詰められた紙袋がある。いかにも田舎町の商店にある、店名のハンコが押された茶色い紙袋なのに、この男が持つと都会のマルシェに立ち寄った風に見えるから不思議だ。

「そんなことはいいんですが、あの、その髪は」

「いやあ。ご近所のご婦人に、髪が長すぎじゃないかと言われて……そういや切ってなかったしなあ、と思って、頼んだんだけども」

切られすぎたかな、と頭に手をやれば、ひどく半端になった髪のせいで、ちくちくする感触がある。

臣の髪はやわらかく、そういえばずっと通っていた美容院の担当も「小山さん、基本は直毛なんだけど、ところどころにクセがあって、ヘタに切るとむずかしいんすよね」と言っていた。しかもそれを思いだしたのは、臣の祖父と言っていいほど年配の理容師がむずかしい顔でハサミを操り、最終的に散切《ざんぎ》り頭になってしまってからだ。

——すまねえ。おれにはこれ以上は無理だ。にいさんみたいな洒落者の頭を、どうにかする技量はねえ。

理髪店の店主の腕がどうこうというよりも、臣のような髪質を扱うのが難しかったのだろう。なんだかしょんぼりさせてしまって、申し訳ないなと思いつつも、帽子をかぶればすむことですし……とあまりの相手の落ちこみに、必死でフォローして出てきた。

とたん、恋人の白い目である。

臣としても、正直ダサいというかモサい頭になってしまったとは思うが、幸い髪が伸びるのは早いほうだ。

「まあどうせちょっとすれば伸びるし、涼しくていいかな、って……」

声が尻すぼみになってしまうのは、どうしようもない。目の前の男が、見たこともないような顔をしてこちらを凝視しているのだ。

「あ、あの、慈英さん？」

「……ちょっとこれからお時間ありますか？　ありますよね？」

にっこりと笑う、その笑顔がやたらに迫力があった。一瞬顎を引けば、いいとも悪いとも言っていないのに、がっしりと腕を掴まれる。

「え」

「行きましょう。ついでにその髪、なんとかします」

「え、え、なんとかって」

「理髪店の小父さんには申し訳ありませんが、おれの美意識が許しがたいと言っています」

「えっちょっ、えっ、なに、なんで!?」

そのままずるずると、もっさりヘアの臣は慈英によって連行されていったわけだが、その様子を商店街にいた町のひとびとにはばっちり目撃されていた。

「あれ、先生が駐在さんに連れられて……じゃないね、逆だ」

「なんで駐在さんが連行されてんのかね」

町ゆくひとたちから、そんな不思議そうな声が聞こえてきて、臣はひたすらにいたたまれなかった。

＊　＊　＊

当時のハプニング顛末《てんまつ》を告げれば、和恵が呆れたように平たくなった目を向けてきた。

「ほらやっぱり秀島さんキレてんじゃゃん！　なにが、なんも言われなかったし、よ！」

「あっれおかしいな……あ、しょうがこんなもんでいいの?」

思い出話に興じつつ、休憩ついでに昼食もすませようという流れのまま、ふたりは台所にたっていた。

この暑いなかの片づけ作業だ。疲れて凝ったことをする気力もなく、主食はそうめんと決まっており、臣は薬味のしょうがをすりおろし、和恵は麺《めん》をゆでながらネギや大葉、みょうがなどを刻んでいた。

「臣にいちゃん、冷蔵庫のアレ出して」

「おー」

和恵の母、明恵《あきえ》が持たせてくれた惣菜《そうざい》類を冷蔵庫から引っ張りだす。ガラスポットに入ったお手製のめんつゆ、薄切りにしてごま油で焼いた茄子《なす》をめんつゆのベースになった濃いめの出汁《だし》につけたものと、豚肉の冷しゃぶ。箸休めのあまい玉子焼きに、明恵の得意料理であるひじきと豆の煮物などなど。

「いただきまっす」

「はいどうぞぉ」

台所までは荷物の侵食はないため、ようやくひと息つける。向かいあってテーブルにつき、そうめんと茄子、豚肉を、薬味をたっぷりいれためんつゆにつけて一気にすすった。

短時間ゆでたあとのそうめんは流水で粗熱をとったあと、氷水を張った器にいれるのが堺家の流儀だ。このサーブのしかただと徐々にめんつゆが薄まるのだが、明恵のつゆはそれを見越して少し濃いめに調味されている。

「……っあー、うっま。明恵さんのめんつゆ、市販のじゃ絶対に出ない味なんだよなあ」

「レシピは教わってるけど、いまだに同じ味出せないのよね」

「あ、それ慈英も言ってた」

「そういえば秀島さんはそうめん絞って巻いてきれいに並べる派だったね。それも、すっごいうつくしく」

「フォーク使うといいって言うけど、あいつ手でぱぱっと並べてたな」

たわいもないことを話しつつ、ずるずるずぞぞと豪快に麺をすする。ちなみに臣の健啖家《けんたんか》ぶりはいまだに衰えず、本日ゆでたそうめんの束は六把だ。和恵はごく一般的に一人前とされる二把弱で充分なので、臣は通常の倍——であるのだが。

「やっぱ食細くなったよねえ。むかしに比べて」

「いや、歳の割に食い過ぎだって言われるけどな？」

「……歳、ねえ」

半目になって、和恵は臣をじっとりと見た。「なんだよ」と顎を引けば、顔からその腹部までをじいっと眺めたのちに、彼女はため息をつく。

「なんかこう……わたしが高校生くらいのころから、臣にいちゃんのビジュアルって変わってない感じなんだよねえ」

「いやさすがにそりゃねえだろ、経年劣化してるって」

「してないんだよ。髪切ったせいで、ますます若いしさあ」

和恵は、現在ではそこそこ大手である企業の北信支部に勤めている。すでに主任クラスになっており、グループ長として若手やアルバイトを使う立場にもあるそうだ。かしましく元気な少女は、すっかり大人の女性になっていて、時の流れをしみじみと感じる。臣はそういう意味で、もっとも自分の年齢を意識するのはこの妹分と話すときでもある。

けれど和恵は、いつまでも和恵だ。

「自分が大人になったせいか、よけいに、その顔おかしいと思う」

「ヒトの顔をおかしい言うな」

どういう言い草だ、と臣が顔をしかめるけれども、彼女の言葉は止まらない。ついでにそうめんをたぐる手も止まらない。このままいくと「ちょっと足りないからちょうだい」と言ってくるのはわかっている。大食いだと臣を揶揄するわりに、彼女も案外な健啖家だ。

「この間、片づけ手伝うまえに、ホームセンターでダンボールとかケース買い出しにいったじゃない？　それ、後輩ちゃんに見られてたらしくて」

「そういや、なんかガン見してくる子いたな」

特に不快な視線でもないので放っておいたと言えば「見られ慣れてるとこれだから……」と和

恵がため息をついた。臣としては、いちいち視線を気にしていてはやっていられないので、刑事の勘が働かないかぎり、オートで無視するようになってしまっていた。それを和恵もよく知っている。

「言ってよ。おかげで『あのイケメンは彼氏さんですか』って質問攻めよ」

「ははっ、まだ和恵の彼氏でとおるのか」

けらけらと笑った臣に「誰のせいで婚期が遅れてると……」と和恵が呻《うめ》いた。

「臣にいちゃんと一緒に行動してたおかげで、すでに彼氏持ちだと思われて、お誘い来ないんだから」

「ハイハイ」

そんな恨み節を口にするけれども、じっさいにたいして恋活にも婚活にも気合いをいれていないのは知っている。父親である堺はおっとりずんぐりといった雰囲気の男だが、目鼻だちははっきりしているし、母親の明恵もなかなかの美人だ。そして和恵は両親のいいとこ取りをしたような顔で、じつのところかなりモテるのを臣は知っている。

十代のころなどは、むしろ臣を隠《かく》れ蓑《みの》に面倒な相手からのアプローチを振り切っていた。いまは適齢期といえばそうだが、もともと働き者で、仕事が大好きな彼女は、あまり結婚は急いでいないらしい。

ひとつには、臣をはじめとした、ややこしい家庭に育った子どもたちを、堺を通して幼いころから知ってしまったこともあるという。むろん堺も明恵も、そういう子どもらの面倒をみる傍ら、きちんと和恵に向き合っていたので、彼女は素直に両親を尊敬している。率先してその子らの相手もしていたし、むしろ和恵の存在で助けられた子どもはたくさんいた。

臣も、そのひとりだ。突然家にやってきた異分子のようなものだったのに、彼女はごく素直に「居候すんの？　そっかよろしく」だった。正直、臣の顔だちについてどうだこうだと言いながら、もっともその魅力を意に介さないのが和恵だと思う。

「にしても、臣にいちゃんの若作り？　若見え？　まじでどうなってんの？　人体の神秘じゃん。美魔女の男性版ってなんて言うのかなあ」

「……知らんわ」

じつのところ、該当する言いまわしがないせいで、現在の臣のあだ名は『ハンサム刑事』から『美魔女刑事』へと変化している。いま和恵が言ったようなことを同僚らが論議しはじめたとき――しないでほしい――よけいなことを言ったのは、後輩のお調子者である嶋木だ。

――そういや、本場じゃあ男のことも魔女って言ったそうですよね。

魔女の本場イギリスでは異端の存在を『ウィッチ』と呼び、日本では男性形の訳語がないだけのことなのだが、そんな細かい話をしているわけでもなんでもない、駄弁だ。ノリをいちいち否定しても意味はなく、臣は「ハイハイ」で流していたが、のちに『県警には美魔女がいるらしい』という噂になっていると聞いて、さすがに膝から崩れそうになった。

だがそれを妹分のまえで言いたいわけもなく、ひたすら無言でそうめんをすする。

「……ねえ、なんかちょっと足りないんだけど」

「言うと思った」

上目遣いで言う和恵にあきれ顔でたちあがり、臣は自分の分に取り分けていたそうめんをわけてやることにした。六把いっぺんによそえるような丼はなかったので、もともとおかわりの分はザルにあげてよけてある。

「ほらよ」

「わーい、ありがと」

氷の溶けた和恵の丼に、少し乾きかけたそうめんをトングで足し、残りは自分のほうへ。茄子と豚肉を一緒にさらって絡め、豪快にすする。

だいぶ薄まってきためんつゆは、それでもおいしい。

あの日、恋人の作ってくれたそれとはまた、味も薬味も違うけれども。

＊　＊　＊

理髪店から出て、腕を引かれるまま連れて行かれたのは、彼がこの町に腰を据えるべく用意した、旧《ふる》い蔵を改造した家だ。

臣の内心での予定よりも早くにたどり着くことになってしまい、うろたえたのはごくわずか。張り替えたばかりの板材や壁紙のにおいよりもさきにテレピン油のにおいがたちこめる室内に案内されると、けっしていいにおいとはいえないそれなのに、ほっとした。

慈英の空間だ、そう思えるだけで、こんなにも自分は落ち着くのか。

いささか面はゆく感じていれば、手早く買い出しの荷物を冷蔵庫などにしまった慈英が戻ってきて、ビニールシートの敷かれたアトリエの真ん中に椅子を置く。

「そこにかけてください」

「え、あ、うん」

そして臣は有無を言わさず座らされ、首になにかの布を巻きつけられ、クリップで首のうしろで留められる。真っ白なそれは、おそらくはデッサン用に使うために買ったのだろう。張りのある新品の化繊だ。

「あ、あの、慈英？　これは？」

「そこで、じっとしていてください」

てるてる坊主のような状態にされたのち、ごそごそと道具棚をあさる男の背中を見る。広い背中、いつもどおりモノトーンのシャツを着ているせいで目だたないけれど、身体をひねるたびに汗が染みているのに気づいてなぜだかどきりとした。

同居していた市内の家をさきに離れたのは慈英のほうだった。拠点を構え、町に馴染むために数ヶ月ほど前乗りし、なにをどうしたのか臣が気づけば、絵画教室を開く準備までもが進んでいた。

むろん、ずっとこの町にいたわけではなく、アトリエを整えるのと絵画教室の準備を兼ね、市内とこちらの二重生活がほとんどだ。しかしいつ帰宅しても彼がいる生活に慣れていた臣にとっては、だいぶ久しぶりの時間のように思えた。

分厚い壁で造られた蔵だけあって、外部の音はなにも聞こえない。外ではあれほどやかましかった蟬時雨《しぐれ》もぴたりとやんで、この静けさのなかふたりきりであることが妙に意識されてしまった。

「慈英、あの……」

なんとなくどきどきしながら声をかければ、「あった」と言って振り返った男の手には、ハサミが握られている。指穴からヒゲのようにぴんと、小指かけのフックが飛び出ている独特の形状は、それこそ理髪店で見た覚えがあるものだ。

「え、それ、ヘアカット用のハサミだよな」

「そうですよ」

「なんで持ってんの？」

「以前は、髪を自分で切ってたので」

「自分で!?」

ぎょっとする臣にかまわず、長い足で近づいてきた男は、ふだんは画材を置いているワゴンテーブルのうえにハサミを置き、ついでキャンバスをたてかけているイーゼルを臣の前に設置し、部屋の隅にあった姿見をたてかけた。この大きな鏡は、モチーフを背面から見るために使っていたのは知っているが、いまはそこに散切り頭と布をかぶった、珍妙な自分。

「……改めて見ると、なかなかひでえな、頭」

こんな頭の、猿のような赤ん坊のような人形があった気がする。半端な長さにしたせいでもさもさになった前髪を引っ張った。

「なんとかします」

「なんとかって、できるの？」

「します」

鏡越しに目をあわせた恋人は、いっそ無表情に近い真顔だった。審美眼の鋭い慈英からすると、本当にこの髪型は「ない」のだろう。

「えっと……なんか、ごめん？」

「いえ。あなたはなにも悪くないし、理髪店の方も……努力はしたことはわかります」

だがそれとこれとは。呻くように言いながら、慈英は手をとめない。あちらこちらと動き回っては、ワゴンのうえに水をいれた霧吹きとタオル、クシ、大ぶりな剃刀《かみそり》などを並べていく。その道具の揃いっぷりや手つきは、単に「ハサミを持っていた」という程度ではない気がした。

「おまえ、なんでこんなに持ってるの」

「やるなら徹底的にがモットーで……照映さんの知人に美容師がいたので、そちらに習いました」

なんでそこまで、と目を丸くしていれば、苦笑した彼が言う。

「一時期、ひとにさわられるのがいやな時期があったんですよ」

「……そう」

なんとなく訊かないほうがいい気がして臣が流そうとすれば「たいしたことではないですが」と言いながら、自分も椅子を用意した慈英が、ごく短くなった髪を長い指で梳《す》き、こより、鋭い視線を向けて長さを確かめている。伏せたまつげに、なんだかいまさら胸が騒いだ。

「高校のころでしたかね、通ってた美容室でセクハラにあいまして」

「はあ!?」

「ああ動かないで」

なんでもないような口調でとんでもないことを言われ、臣は振り返ろうとした。けれどこめかみに両手を添え、そっと鏡を向かされてはどうにもできない。

再び、鏡越しで目があった。これほど真剣な目をするのは、彼が絵を描くときと同じ。そうと気づけば、臣の心臓はますます高まっていく。

「うん……まあ……なんとかなるかな」

ぽつりと言った慈英は、霧吹きで髪を湿らせていく。そしてごく慎重にハサミをいれはじめた。

（わ……）

水に濡れてボリュームダウンした状態でも、いまの臣の髪はバランスが悪いのはわかる。臣の髪はやわらかいのにコシが強く、へたにカットすれば天を向く。

「なるほど、扱いがむずかしい」

これは理髪店の店主がお手上げになるわけだと、めずらしくも眉を寄せた慈英はため息をつき、ハサミを置いた。そしてクシで髪を梳き、ふだんは鬚を剃《そ》るのに使っている片刃の剃刀を手にしたのち、毛先を削《そ》ぐように動かしはじめる。

「な、なあ、あの」

「動かないでください、さすがに危ない」

「ハイッ」

そり、そりり、とむずがゆいような感触が伝わってくる。動くことは許されず、まるで睨むかのような慈英の視線を浴びたまま、ひどく長く感じるような時間を臣は緊張とともにすごした。

切って、梳いて、乾かして、また濡らして、梳いて――数ミリ単位の調整をひたすらに繰り返したのち、ようやく慈英が満足と納得の息をついたころには、小一時間が経過していた。

「どうですか」

鏡のなかの自分を見て、臣は「うわあ……すっげえ」と感嘆の声をあげる。

理髪店では扱いに困っていたらしいサイドヘアも大胆にボリュームを落とされ、小猿のようだったもさもさスタイルが、すっきりとしたベリーショートへと変貌していた。

「慈英、美容師で食っていけるんじゃない？」

削ぎ落として散った髪の毛をブルーシートごと片づけながら、慈英は苦笑する。

「いや、無理ですよ。こんなに時間かけてミリ単位で調整してるようでは……ああいうひとたちは決まった時間できれいにしあげるのも技術です」

「まあ、それもそうか」

「それと、髪が伸びた際の変化も含めて計算されてますからね。おれは完全に、いまを整えてみただけなので」

なるほど、と後頭部に手をやれば、しょりっという感触がする。襟足を刈りあげられていることの感じは、臣の人生のなかであまり経験がない。

「バリカンなしでも刈りあげってできるんだな」

「ふつうに、美容師のテクニックとしてあるそうですよ」

「ソレも習ったのか」

つくづく器用な男だと感心しつつ、臣はしげしげと鏡のなかの自分を見た。市内の美容院でもここまでオシャレに仕上がっただろうか、と思わず考えるくらいにカットは完璧だ。

「あ、でもこれって、伸びたらすぐモサるんじゃゃ？」

「……都度、調整しますので。できれば元の長さぐらいにしておくのをお勧めします。臣さんの髪は、おそらくあの長さが取り回し的にもベストです」

「だよな……」

じつのところ臣自身、髪の長さなどこだわりはなかったが、市内でよく使っていた美容院は堺家の女性陣が「ここにゆけ」と推してきた美容院だった。

「明恵さん言ってたわ、そういえば。あんた見た目に反して雑なんだから、数ヶ月行かなくてもいい具合になるようにしてくださいって言いなさい、って」

十代のころなどは、髪なんかどうでも……と渋る臣にカット代まで握らせて「いいからここに行きなさい」と有無を言わさず連れて行かれていたことも思いだした。

「さすが明恵さん、よくわかっていらっしゃる」

慈英は平たい声で言い、気のない拍手をした。

明恵お勧めの美容院に足を運ぶようになった結果、伸びたなと思うたびにそこに足を運び「いつもの感じで」とおまかせにしていたため、イチからすべてカットを指定したことなど、この十年ほど記憶がない。

「いや……そら、一見《いちげん》で『おまかせでばっさり』って言えば、床屋さんも困るわな」

「……言ってはなんですが、基本的にこの町の男性はバリカンでざっと刈りあげてる方も多いですから……それなりのヘアスタイルにするには、やはり市内や隣町の美容院なりに出向いているそうで」

　ちなみにこの町からの『隣町』は山ひとつ越えるレベルの距離があって、そこはもう少しひらけているらしい。

「そっかあ……ん？」

　今度会ったら無茶を詫びよう。おじいちゃん理容師に無理な注文をつけたとうなだれれば、乾いた髪の細かい端がパラパラと落ちてきた。

「ああ、目にはいったらまずい。じっとしてください、目を閉じて」

「ん？　うん」

　霧吹きでタオルを湿らせた慈英が、丁寧に顔を拭ってくる。むずがゆかった顔がさっぱりとして、臣はちいさく息をついた。

「なあ、もう、とれたか？」

　答えは返らず、しばしの沈黙のあとに訪れたのは、やわらかな唇だった。

「……ちょ、なに」

「目を閉じてたので」

「いや、閉じろつったのそっち……っ、んん」

　戯れの口づけかと思えば、二度、三度とついばまれた。一応咎めだてする言葉を合間に告げるけれども、そもそもふたりきりになったのが久しぶり、当然こういう接触も減っていた。

「ふあ、じぇ……っ」

「んっ」

そのまま流されそうになったところで、唇から頬、こめかみへとキスを続けていた慈英のほうが妙な声をあげて離れる。あれ、と目をしばたたかせれば、口元を手で覆った男は「すみません」と眉を寄せた。

「髪、食べました」

「……ふ、っはは！　い、いたずらすっから！」

もごもごとしながらなんとも言えない顔になる慈英に、臣は遠慮なく爆笑してやる。さきほどから強いられてきた緊張の反動もあったかもしれない。

その姿はまだてるてる坊主のままで、ケラケラと笑い続ける臣の首元からクリップを外しながら、慈英は深々と長いため息をついた。

「よければ、シャワーしてきてください」

「あはは、ひひひ、い、いいの？」

「まあ、今日のこれで、絵描きの先生と駐在さんが仲良くなったのは町中に知れ渡ったでしょうしね」

「へ……」

後日知ったことだが、この日の連行顛末のおかげで「画家の先生と駐在さん、仲良くなったらしいね」という話に早々に落ち着いていたらしい。怪我の功名――というより、これは、もしや。

臣は目を据わらせる。

「慈英、狙った？」

「さあ、どうでしょう」

にっこりと微笑む、その顔に弱い自覚はあった。そもそも、慈英は臣の顔をやたらに褒め称《たた》えてくるけれども、本人のほうがよほど魅力の溢れる男であるのだ。ずるいなあ、と思いながらも、首筋のちくちくに耐えかねて臣はたちあがる。

「風呂、借りるわ。どこ？」

「ははっ。こちらにどうぞ。着替えも貸しますよ」

「どうせ、おれの服もちゃっかり持ってきてんだろ……」

勝てない、となりながらも、臣は素直に風呂場に案内されることにした。


シャワーを浴びてさっぱりしたのち、ほぼタオルドライだけで髪が乾くことに感動した。

「今後はこの長さにするのもありかなあ……って、なに？」

機嫌よく言いながら居間に戻った臣の言葉を、慈英は苦笑とともにやんわり止める。

「言っておきますが、そうなるとものすごくマメにカットしないといけなくなりますよ。この町にいる間なら、おれがやってあげてもかまいませんが」

「それはそれで手間かけるよなあ」

もともと激務で、市内の美容院にも毎月通うとはいかなかった臣だ。刑事課にいたころよりは駐在所のほうがまだ時間はとれるかもしれないが、職住一体の状況では、逆にプライベートがまったくなくなる可能性もある。

「ま、おいおい考える……って、おお！　うまそ！」

さすがに用意されている食事を見て声をあげる。

「時間なかったので、そうめんですけどね」

「いやいや充分だし。……にしても毎回きれいに盛りつけるなあ」

おそらく有名な作家の焼き物だろう平皿に、くるくると巻いたそうめんが並べられている。そのうえにはミョウガ、オクラなどが薄切りにされうつくしい彩りで散らされ、薬味は大根おろしとわさび。

生ハムとトマト、タマネギのマリネ風サラダも添えられている。

「こっち来て早々に慈英のご飯食べられると思わなかった」

うきうきしながら席に着くと、いつも慈英が好んで購入していたブランドのめんつゆの瓶が目にはいる。

（はは、不思議）

見慣れた食事の盛りつけ、見慣れた恋人の顔。なにもかもが見知った光景、けれど部屋の造りもなにもかもが違う。

「……ほんとに、ついてきちゃうんだもんなあ」

東京から長野に越したばかりか、ついにはこんな僻地にまで。臣がさみしいと言ったからって、それだけで。

「なにか言いました？」

聞こえなかったという慈英の問いに、臣はかぶりを振った。わずかに滲みそうになった目元は、まだ風呂あがりの汗がひかなかったことにしよう。

「なんでもない、うまそう！　いただきます！」

「はい、どうぞ」

これもおそらく作家ものだろう、品のいいそばちょこに薬味を落とす。大根おろしと、わさび。

「じつはおれ、おろしわさびでそうめん食ったの、慈英に出されたのがはじめて」

「えっ、そうなんですか。さほどめずらしくないと思うんですが」

初耳、と驚く慈英に、きれいに巻かれたそうめんをめんつゆにつけつつ臣はうなずく。

「うん。この薬味って、そばのほうではよくあるけどな。うち……堺さんちでは、ネギとショウガが定番だった。あと和恵のアレンジ薬味……チャレンジ薬味でもあったけど」

たっぷりめに浸して、一気にすする。そばなどでは、あまりつゆにつけすぎないほうが通《ツウ》だと言われるらしいが、ふだんから走り回る仕事の臣は濃いめの味が必須だ。

「チャレンジ薬味とは？」

「野菜炒めとか？　そのままめんつゆにいれて一緒に食うんだよ、おかずじゃなくて。で、あう味わいのはいいんだけど、たまにぶっ飛んでるのもあって」

茄子やキュウリ、トマトなどはまだわからなくはないし、サラダ感覚でいけたのだが。

「フォーみたいになるっつって、ヌクマムだかナンプラーだかで味つけたパクチーそうめん出されたときはちょっとな」

「臣さん、あの系統の味だめですもんね。あとたしかパクチーって、日本人は遺伝子的に半数が苦手なんだとか」

「おれは完全にだめなほうの五割だ」

慈英の言うように、香菜《シャンツァイ》とも呼ばれるあのフレッシュハーブは、好きな人には柑橘《かんきつ》系の爽やかな風味に感じられるそうだが、臣はどうにもだめだ。有機的な油くささしか感じられない。

「慈英は平気なんだっけ？」

「香草系は薬味程度の、適量なら。パクチー鍋とかまではいけないですね。……じつはパセリも大量だと胸焼けするほうです」

「え、初耳」

意外と知らないことがまだあった。驚いて目をしばたたかせれば、慈英はくすくすと笑う。

「え、なに」

「いや。ギブって言いながらたぶん、パクチーそうめん完食したんだろうなと想像ついて」

「だってもったいねえじゃん」

笑われることだろうか。首をかしげると「あなたの苦手なもののなかで、最大のがそれですから」と妙にやさしげに言われた。

「和恵さんがしょげるのは、あいつが元気ねえのは調子狂うし」

「まあそら……あいつが元気ねえのは、苦手な食べ物よりよほど、苦手でしょう」

なんとなく目をそらし、おろしめんつゆにどぼんとつけたそうめんをすする。堺家で慣れ親しんだ味とは違うが、これはこれでおいしい。

「でもあいつ、パクチーそうめん作ったはいいけど、自分は食わなかったんだぞ」

「それは……なかなか」

くすくすと笑いながら、慈英もそうめんをすすった。豪快に麺をさらっているのに、食べる姿はいつもながら品がいい。生ハムとトマト、タマネギのサラダも、めんつゆとけんかしないよう、白だしがはいっているようだった。交互に食べると口飽きせず、大盛りだったそうめんの皿はあっという間に片づいてしまった。

「はーっ、ごちそうさまでした！　うまかった！　このまま昼寝したい！」

「あはは。おれはかまいませんが」

洗い物くらいはすると言ったが、休んでていいという恋人にあまえ、臣はその場に転がる。夏場だからか、フローリングの上には真新しい、琉球畳《りゅうきゅう》ふうのイグサマットが敷かれていて、ごろ寝には最高だった。

ひんやりとした部屋の快適さは、冷房が効いているのもむろんだが、もともとが蔵だから遮熱性が高いのだろう。しかし、このまま至福の時間を怠惰に味わうわけにはいかない。

「……まだ引っ越しの荷物片づいてねえから、頑張るわ」

「ええ？　髪切ったりしてるから、てっきり」

「駐在所のほうだけ先行してやったんだよ。自室のほうは荷ほどきもしてない。あとあそこ、クーラーも旧式で、わりと微妙」

はあやれやれ、と身体を起こし、臣はまたもや汗だくになることにうんざりしながらたちあがった。

「ってなわけで、ごめんな。戻るよ」

「手伝いましょうか？」

「そこまで面倒かけられねえって。それに狭いから、二人で作業するのは逆に厳しい」

なるほど、と苦笑した慈英は、素直に送りだすことにしてくれたようだった。臣は玄関で靴を履き、改めて振り返る。

「それじゃあ、これからよろしくな。絵描きのセンセイ」

「よろしくお願いします、駐在さん」

ふふっと笑って、なんとなくハイタッチをする。ドアを開ければ、真夏の日差しに目がくらみ、臣は片目をすがめた。

「……片づいたら、電話する」

「了解です」

振り返らないままにそっと告げれば、くすくすと含み笑い。そうしてひらりと手を振り、わんとうるさい蟬時雨のなかへと足を踏みだした。

＊　＊　＊

懐かしい話を終えると同時に食べ終わった昼食の器を片づけつつ、和恵が問いかけてきた。

「そんで結局、そのベリショってどれくらい維持したの？」

「そんな長くはなかったかな。三ヶ月もしたらもとの長さになったんで、そっからはたまに市内に行くときだけ、美容院で切ってたな」

その間、微妙にもさつくたびに慈英がハサミを持ちだし、こまめに調整してくれていたと告げれば、「ほんっと秀島さん……」となんだかしみじみ言う。

「臣にいちゃんを整えることには命かけてるよね、あのひと」

「そうかあ？」

「そうだよ。臣にいちゃん、あのひととつきあいだしてから、シャンプーやら石鹸やら、じんわりいいものになってったからね。もちろん、着てる服とかもね」

「え、そうなの……？」

思わず自分のシャツを引っ張ると、和恵が平たくなった目でじっとりと見ている。分の悪さを感じ、臣は目を泳がせた。

「むかしはわたしとお母さんが言うまんまにケア商品買ってて、いまは秀島さんに言われるまんまでしょ」

「つ、通販で買っておきましたっつうから、任せっきりで……」

「アメリカ行ってってからもずっとそうって、ちょっとどうなの？」

和恵にしみじみあきれたように言われ、さすがに臣は反論した。

「いや、待てよ。べつに面倒みられなくったって、おれだって自分ひとりで生活くらいはできるんだが!?」

むしろ悪いからいいというのに、遠慮しないでいい、離れているぶん自分が選んだものを使ってくれれば嬉しいと言われたら、むげにも出来ない。そう抗弁すれば、「それは臣にいちゃんほっといたらどうなるか、秀島さんが重々知ってるからよ」と低い声で言われた。

「わたしたちが口出ししなきゃ、安売りの固形石鹸で頭から全部洗うでしょうが！　顔がいい男は、ちゃんと美貌と清潔感を維持しなさいよ！　イケメンの義務よ！」

「えぇ……なにそれぇ……」

無茶を言う、と臣はちからなくうなだれる。その間にもてきぱきと皿を洗った和恵は、ようやく一段落だと身につけていたエプロンの紐《ひも》を解き、手早くたたんだ。

「じゃあこれでわたし帰るね。荷物は明日の夕方取りに来るんだよね。その時間に受け渡しの対応すればよし？」

「おう、悪いな。世話かけちまって」

できれば集荷に来る際にも立ち会いたかったが、臣の連休はこの日でおしまいだ。思いのほか片づけに手間取ったこともあり、荷渡しの日は通常通り仕事に出ることになっている。

「合鍵は持ってたよな？」

「だいじょぶ、お父さんから預かってるよ。終わったら、また返しておくね」

これ、と見せてくるキーケースはひどく年季のはいったものだ。なんだか見覚えのあるそれに首をかしげれば、ふふふと和恵が笑う。

「これ、臣にいちゃんがお父さんに、初任給でプレゼントしてきたキーケースだよ」

「あああ!?　ちょ、なん……なんでそんな、いまだに」

「もうねえ、けっこうあちこちボロになってるんだけど。修理して使ってるのよ、お父さん」

ほら、と見せられたそれは、使い込まれて端がすり切れたものを、業者に出して縫い直したり裏地を張り直したりと、何度も直して使っているそうだ。

「そんなん……安物で、修理したほうが高くついただろ」

「嬉しかったんだってさ。で、ここんちの合鍵預かるならこれだろ、って。駐在所に行ったあたりからずっとつけてるよ」

異動していた数年、実質的に空き家になったここを、長いこと管理してくれていたのは堺家の面々だった。当時学生だった和恵が主にバイト代をもらって掃除や換気などをまめに行ってくれていて、おかげで戻ってきてからもほぼ傷むことはないままだった。

ひとりで暮らす時間は、思うよりは長かったけれど。

「秀島さん戻ってきたら、鍵戻す？」

「いや……それは、そのまま持っててくれ。実家にあるほうが、なにかと安心だって慈英も言ってたから」

自然と口をついた言葉に、和恵も大仰に反応することもなく「それもそっか」とキーケースを鞄《かばん》にしまう。

「ところでおまえは実家出る予定とか、ねえの？」

やんわりと、結婚の予定などはないのかとにおわせるような言葉を継げれば、ぎろりと和恵が睨んでくる。

「臣にいちゃん。ハラスメントだからね、それ」

「お、おう。そうか。すまん」

一気にどんよりとなった気配に、なにか地雷を踏んだらしいと悟って臣は顎を引く。

（お誘い来ないんだ、なんて軽く流してるから平気かと思ったが）

いつまでも臣の目には子どものように思える和恵も、もうアラサーと呼ばれる年代だ。いろいろあるのだろう。女性はむずかしいな、とお手上げポーズで詫びれば、ため息ひとつで許された。

「まあもうしばらくは仕事が恋人ですよ。おもしろくなってきたとこだしね」

「そうか。あんまり無理はすんなよ」

「こっちの台詞《せりふ》だよ。ちゃんと休みなね」

それじゃあ、と軽やかに言って、妹分は去って行く。きれいにカットした髪、しなやかなうしろ姿も、もうすっかり大人の女性なのだなとしみじみ感じた。

玄関には、ひとひとりギリギリ通れるかといった具合にダンボールが積み上げられている。明日帰宅するころにはこれらもすっかり片づいているだろう。

それらの始末が済むころには、あの男もようやく、戻ってくる。

「いよいよ、かあ」

すこし緊張する。定期的に会ってもいたし、ネット通話では毎日のようにコミュニケーションをとっていたとはいえ、年単位で離れていたふたりがふたたびともに暮らすのだ。

とはいえ、仕事の都合でしばらくは都内とこちらを行ったりきたりになるそうだし、週末だけの同居生活になりそうだとも聞いている。

それはすこし、あの山間の町にいたときにも似ている気がした。いずれにせよ、地球の反対側にいるよりはずっと近いのは間違いない。

今度再会するまでに、臣の髪はどれくらい伸びているだろうか。

あのときのように、驚かせることはできるだろうか。

想像してくすりと笑い、臣は目を閉じる。

瞼《まぶた》の裏には、あの緑の濃い町を、手を引かれて歩いた日の光が、焼きついているようだった。

やさしいひとほど容赦がない

ダンサーステージネーム【ＩＢＵＫＩ】こと大仏伊吹《おさらぎいぶき》は、小説家・灰汁島セイのパーソナルトレーナーだ。

主にお願いしているのは体力向上のための筋トレや、座業ゆえ固まりやすい身体をほぐすストレッチなどの基礎メニュー。

いくつもの舞台にも出演したことのある人気ダンサーである彼は、長身でイケメンで、職業もなっとくの素晴らしいプロポーションと身体能力を持っており、はじめて紹介された日の灰汁島はそれはもう、生きるステージの違うリア充をまえに震えあがっていた。

だが、きりっとしたおしゃれイケメンは、初顔合わせの日、いい意味で予想を裏切ってくれた。

「あ、どうも伊吹です。すげえ、おれ小説家の先生ってはじめてお会いするんですよ、緊張しますねえ！」

アハハ、とほがらかに笑う伊吹の目はやさしく、キョドるオタクはほっとした。このひと、いいひとだ。笑顔ひとつでわかる彼の性質の善良さ、穏やかさ。灰汁島のようにコミュ力がマイナスに振り切っている相手をまえにしても、特に困った顔もせず話しかけてくれた。

のちに、彼のやさしさと辛抱強さが培われたのは、ダンス教室での主な担当がジュニアコース

――小学生を中心とした若年層が多いと聞き、納得がいった。

「いやあ、一度言えば……というか、言葉で理解してくれるだけでもう、充分いい生徒さんです。身体能力は徐々に伸ばすしかないんですから、気長にやっていきましょう」

男子小学生というのがいかにコントロールしづらい生き物かを語る彼の目は若干遠く、ひとには見えない苦労があるのだな……としみじみ感じ入った灰汁島だった。

そんな出会いから数年、やさしく粘り強く指導してくれた伊吹と、なんだかんだいいながら真面目な灰汁島は相性がよく、コツコツとトレーニングを続けたおかげで、貧弱だった身体もだいぶ整った。

体重は八キロほど増えたが体脂肪率はむしろ下がり、縦に長いばかりでひょろひょろだった身体はいわゆる細マッチョ手前程度には引き締まってきた。

「アラサーでも、やればなんとかなるんですねえ」

「年齢あんまり関係ないですよ。無理な負荷をかけたり、身体にあってない筋トレやると傷めるばっかりですすけど。まずは自分を知ること、あとはとにかく継続っすね」

「それがむずかしいんですよね、どうしても仕事柄、不規則で……」

顔をしかめた灰汁島に「継続って、絶対毎日縛りとかじゃないですよ」と伊吹は言った。

「不規則でも、それこそ疲れてサボっちゃっても、『そのあとちゃんと再開すること』です。まあ休んだぶんはどうやっても響くんですけど、諦めて完全にやめちゃうんじゃなきゃあ、どうにかなるので」

それならなんとかなる、とうなずいて、たまにサボったり、そのつけでゆるんだ筋肉を鍛え直したり、とやり続けた結果が、いまの灰汁島のボディメイクにつながっている。


「……というわけなので、早坂さんももうちょっと、頑張って」

「いやいやいやいやいやきついきついきついきついきつい！」

両腕を交差させて肩にあて、スクワットをするのは灰汁島の担当編集、早坂未紘《みひろ》だ。膝だけでなく、筋肉の負荷がきつすぎて顔も引きつったように笑っている。もはやその姿は、口バッテンのウサギどころか生まれたての子鹿だと、灰汁島は顔の汗を拭うついでに、口元をタオルで隠す。

早坂はもともと知人であった伊吹を灰汁島に紹介しておきながらも、自分自身はそのトレーニングを受けたことはなかったらしい。しかし年々体力の低下を実感していたのと、灰汁島の体型がめきめきと変化したのを見て、「やってみようかな」と思ったのだそうだ。

そして本日は、せっかくなら対面で、ふたり一緒に指導を受けましょうということで、伊吹のトレーニング教室へとやってきたわけだった。

場所は彼が教室を行う際に使う、ちいさなレンタルジム。時間で貸し切りにできるので、人見知りの灰汁島にはもってこいだ。

「はーい、前傾姿勢にならない、角度キープで、そうそう。あと三回でワンセット終わり」

「こっ、れっ、なんセット、でしたっけっ」

「十回ずつ三セット、まだ一巡目ですよ」

うびゃあ、と謎の悲鳴をあげた早坂が、またぷるぷるしながら腰を落とす。ちなみに灰汁島はすでに、ノルマのセットはこなしていた。

「伊吹先生、ぼくあっちでマシン使っててていいですか」

「あ、はいはい。無理しない感じでね」

指さしたさきにあるのはチェストプレス、大胸筋を鍛える負荷をかけ、レバーを操作する器具だ。ストレッチとスクワットで浮いた汗を拭いて水分をとり、灰汁島は慣れた仕種でプレスマシンの重量を、自分用にセットする。

「えええ……灰汁島さんがジムに慣れている……嘘だ……」

「若干失礼じゃないです?」

相変わらずのぷるぷる状態のまま、早坂が愕然《がくぜん》とした顔を向けた。だがそれはすぐに、やさしく微笑む伊吹の長い指で正面へと戻された。

「正しい姿勢じゃないと意味ないですよ。はい腰を落として！」

「ちょま、伊吹くん、これしぬ、しぬしぬしぬ」

「だいじょうぶだいじょうぶ、しなないしなない。ほらあとちょっと！　頑張って！」

明るくやさしく励ましながら、崩れる体勢を整えるために手を添え、動きの補助をしつつ、それでも伊吹は決して、中断させてはくれない。

「……なつかしいなー……」

自分も最初はああだった、と若干遠い目になりつつ、灰汁島はグリップバーを操作した。

少し久しぶりのマシンなので、最初は腕の負荷をきつく感じたが、続けるうちに身体が思いだしてくる感覚があった。

最近、筋肉がついたおかげでか、長時間のタイピングをしても疲労感がだいぶマシに思える。使う筋肉の部位はかなり違うと思うのだが、単純に体力がついたのかもしれない。

(なんなら、大学時代より元気かも)

胸を張り、息を吐きながらバーを前方に動かす。限界まで押したら数秒キープ、今度は息を吸いながら腕を戻す、これを繰り返す。じわじわと腕に疲労物質がたまってくる感じがあって、これを汗と一緒に絞りだすイメージをしつつ、ワンセット。

その間、どうやらようやく未紘のスクワットは終わったようで、がっくりと床に手をつき、全身を震わせていた。

「よく頑張りました！　さ、次はトレッドミルいきましょうか」

「ちょっ……まっ……やす、休み、やすませ」

「もちろん、効果的な休憩は必要ですからね」

はい水分とって、変な四つん這いは負荷かかるから起きて、とある意味かいがいしい伊吹だが、灰汁島は知っている。

（なんだかんだ……伊吹先生、必要な休憩以外は許さないんだよな）

むろん、有酸素運動をして筋肉を効果的に鍛えるためには、身体が完全なダウン状態になるまえに次のセットへはいるほうが効率がいいのは、理屈ではわかっている。

わかっているが、ろくに身体を動かさないできた人間にとって、最初のそれはどえらく、きついのだ。

「かるーくでいいから、無理のない感じで、そうそう」

「うえ……も……、もう、無理めなんだけども……？」

「だいじょうぶ、ちゃーんと脚動いてますよ～」

にこにこしながら、結局はトレッドミルに早坂を誘導し、バーを握らせている。善意もむろんあるだろうが、あれは指導者として、ここで休ませては意味がないと見切っての行動であることも、灰汁島はもはや理解していた。

もちろん、本当に限界だったり身体を痛めそうなほどの疲労であれば彼は即時に中断する。以前、灰汁島が調子にのりすぎてプレスマシンの負荷をかけすぎた際などは、ちょっときつめに怒られたほどだ。

――こういうのは身体を鍛えるためであって、いじめるためじゃないんですよ。

プロの見極めはさすがだ。灰汁島は以後、きっちり伊吹の言うことを忠実に遵守している。

だから、いまの早坂はつまり、萎えていた筋肉を叩き起こすための準備段階なわけで。

「乗り越えれば、その辺とか軽くいけるようになりますから。頑張ってください、早坂さん」

励ましたつもりなのに、なんだかひどく恨めしげに見られた。

灰汁島は知らない。いまそうしてひょいひょいとプレスマシンを操る自身もまた、早坂にとってはやさしげな顔で容赦がないと見られていることを。

「はい顎あげない！　お尻つきださない！」

「んええ……きっつ……っ」

そうして三人のみのパーソナルジムには、しばらくの間早坂の泣き言が響き渡っていたのだった。

本著をお手にとっていただきありがとうございます。大体二年に一度、こうした作品集を出していただいておりますが、今回の『つむぐ幸福論　慈英×臣作品集』は、タイトルにあるとおり、慈英×臣シリーズの各種書店特典、ファンブック、ＷＥＢ掲載作や同人誌ほか、個人刊行物など、番外編諸々をかき集めまして、合計二十二本のショートストーリーが掲載されております。

　なかでも異色なのは、慈英と臣を吸血鬼（？）設定でセルフパロディした「逢魔が時の慈英さん」。こちらは同人誌ならではのお遊び企画だったので再録は厳しいかと思っていたのですが、寄せ鍋のような今回の企画なら行けるかな……と担当さんに提出してみたところ、特になにも言われずすっと掲載が決まっていました。

　そして毎回この手の単行本の後書きで「こぼれた話が……」と申しあげておりますが、今回もまた、収録できなかった話が二百ページ以上あります。端的に、小冊子などの刊行時期が近いというのもあるのですが、今回のチョイス＋書き下ろしだけで三百ページを超えていますので……次もまた出していただけるよう、今後も頑張りたいと思います。

　表紙も口絵も蓮川先生の美麗カラーなのですが、口絵があまりに可愛かったため、予定になかったショートストーリー、伊吹に未紘と灰汁島のコンビがトレーニングをつけてもらう、という話を急遽、書き下ろしました。多分翌日の未紘はずっとがに股であるいています。

　そして今回の新規書き下ろしでは、単行本ということで挿絵がないため、あえて『髪型が大幅に違う臣』という話にしてみました。本編でいうと、駐在所時代の『あざやかな恋情』ストーリー開始数ヶ月前、という時系列です。臣は髪が伸びるのが早いと思うので、あっという間に元の長さに戻ったという感じでイメージしております。これも企画単行本ならではの、少し軸のずれたお遊びストーリーでした。

じわじわと帰国の前振りストーリーをあちこちでちりばめていますが、シリーズの次回作はスピンオフ、長らくお待たせしていた久遠編です。こちらプロットは完成して現在実作中。その次あたりにいよいよ帰国編か、もしくは灰汁島をまた書きたいと思っています。

自分の作家人生のほとんどと言っていい長編シリーズとなっている慈英と臣、そしてその周辺の彼ら。時代の変化、自分の変化、世界の変化、いろいろとあるなかで、それでも読んでくださる方がいる限りは、大事に書いていきたいと思います。

今回も素敵なイラストを描き下ろしてくださった蓮川先生、本当にありがとうございました。また次回作も何卒よろしくお願いいたします。そして担当様、今回も突然の腕の不調などでご迷惑をおかけいたしましたが、新作もそのほかも、しっかりと頑張ります。

そして、ここまで読んでくださった読者様。おかげさまで昨年は二十五周年を迎えました。今後もまた見ていただけるよう精進いたします。この本の刊行翌月には鎌倉の古民家ギャラリーで冬乃郁也との合同展示会『二人展』なども行います。詳細は崎谷のＳＮＳなどで確認いただけます。よろしければお越し下さいませ。

次回作でお会いできれば、なにより幸甚です。

プロフィール

崎谷はるひ

3月16日生まれ。九州出身、神奈川在住。代表作「慈英＆臣シリーズ」をはじめとしたBL小説は百タイトル以上刊行。また文芸作品「トオチカ」を上梓。
pixiv FANBOX　https://harusakisora.fanbox.cc/

初　出

三人寄れば腐れ縁……ルチル文庫10周年記念小冊子（2018年12月）／小姑一人は鬼千匹に当たる……ルチル文庫11周年記念小冊子（2019年7月）／叱られるのも愛ゆえに……「あまく濡れる呼吸」コミコミスタジオ購入特典（2021年2月）／なべて世はこともなし……ルチル文庫14周年記念小冊子（2020年9月）／気づくよりもさきに、恋が……「ぼくは恋をしらない」コミコミスタジオ購入特典（2022年1月）／本日はラスボスのお日柄もよく……「薬指にたどりつくまで」コミコミスタジオ購入特典（2022年11月）／配信者とか言ってもそんな簡単に収益とか出ないわけで……「薬指にたどりつくまで」アニメイト購入特典（2022年11月）／いまだけ、ぜんぶ……「ぼくは恋をしらない」個人企画（2022年5月）／あなたへの距離……同人誌「夜の灰汁島くん」（2022年4月）／はじめてとはじめまして……同人誌「夜の灰汁島くん」（2022年4月）／本命チョコというものをもらってしまったわけだが……同人誌「夜の灰汁島くん」（2022年4月）／つめきり……崎谷はるひフェア（2007年6月）／そらを見つめるように……崎谷はるひミリオンフェア（2010年9月）／かたくなな唇…小説ラキア（2002年7月）／夢かうつつか、危うさか……個人WEBサイト（2010年1月）／ストレリチア・レギネ……「彩月—極楽鳥花—」（2019年12月）／逢魔が時の慈英さん……同人誌「逢魔が時の慈英さん」（2022年9月）／デジタルネットは時差十四時間の距離を埋めるか……同人誌「デジタルネットは時差十四時間の距離を埋めるか」（2022年12月）／刑事は深夜にタヌキとクマに絡まれる……同人誌「デジタルネットは時差十四時間の距離を埋めるか」（2022年12月）／ラノベ作家は年末進行で夢も見ない……同人誌「デジタルネットは時差十四時間の距離を埋めるか」（2022年12月）／つむぐ幸福論……書き下ろし／やさしいひとほど容赦がない……書き下ろし

つむぐ幸福論

慈英×臣作品集

2024年10月31日　第1刷発行

著者　崎谷《さきや》はるひ

発行人　石原正康

発行元　株式会社　幻冬舎コミックス
〒151-0051 東京都渋谷区千駄ヶ谷4-9-7
電話　03（5411）6431［編集］

発売元　株式会社　幻冬舎
〒151-0051 東京都渋谷区千駄ヶ谷4-9-7
電話　03（5411）6222［営業］
振替　00120-8-767643

印刷・製本所　中央精版印刷株式会社

検印廃止

万一、落丁乱丁のある場合は送料当社負担でお取替致します。幻冬舎宛にお送り下さい。本書の一部あるいは全部を無断で複写複製（デジタルデータ化も含みます）、放送、データ配信等をすることは、法律で認められた場合を除き、著作権の侵害となります。定価はカバーに表示してあります。

©SAKIYA HARUHI,GENTOSHA COMICS 2024
ISBN978-4-344-85498-7　C0093　Printed in Japan

幻冬舎コミックスホームページ　https://www.gentosha-comics.net

本作品はフィクションです。
実在の人物・団体・事件などには関係ありません。